HEYNE <

Das Buch

Schon ihr Leben lang hütet Sabrina Monroe ein Geheimnis: Sie kann Geister sehen. Sie kommen zu ihr, weil sie Hilfe benötigen, die wichtigen Dinge zu Ende zu bringen, die sie zu Lebzeiten nicht mehr abschließen konnten. Seit ihrer Kindheit wird Sabrina dabei von Molly begleitet, einem gut gelaunten Geist, der romantische Komödien liebt. Nur um die Romantik in Sabrinas eigenem Leben ist es nicht gut bestellt. Das ändert sich, als sie in ihre Heimat Wisconsin zurückkehrt. Der charmante Gastronom Ray verdreht ihr den Kopf, und plötzlich muss sie sich fragen: Wie lange kann sie Molly und die anderen Geister noch vor ihm verstecken?

Die Autorin

Amy E. Reichert hat einen Abschluss in Englischer Literatur und liebt es, Geschichten mit Happy End zu schreiben, deren Figuren man gerne zu sich nach Hause einladen würde. Amy ist glückliche Ehefrau, Mutter und Hobbyköchin und würde zu einem Glas Cider niemals Nein sagen.

Lieferbare Titel

978-3-453-42354-1 – *Nur wer loslässt, hat das Herz frei*

AMY E. REICHERT

Happy SPIRITS

ROMAN

Aus dem Amerikanischen
von Hanne Hammer

WILHELM HEYNE VERLAG
MÜNCHEN

Die Originalausgabe *The Kindred Spirits Supper Club*
erschien erstmals 2021 bei Jove, Berkley,
an imprint of Penguin Random House LLC, New York.

MIX
Papier | Fördert gute Waldnutzung
FSC® C104608

Penguin Random House Verlagsgruppe FSC® N001967

Deutsche Erstausgabe 01/2024

Redaktion: Lisa Scheiber
Umschlaggestaltung: Favoritbuero GbR, München
unter Verwendung von Shutterstock.com
(SarraMagdalina, JoyCrew, iDraw, An240)
Satz: satz-bau Leingärtner, Nabburg
Druck und Bindung: Nørhaven A/S, Viborg
Printed in Denmark
ISBN: 978-3-453-42611-5

www.heyne.de

Für Pam –

weil sie mir die besten Brandy Old Fashioneds gemixt hat und Moms zweiter Liebling ist. Ich liebe dich!

Ein einziger Akt der Freundlichkeit schlägt
in alle Richtungen Wurzeln,
aus denen dann neue Bäume entstehen.

Amelia Earhart

Wenn du erst in New York bist, wirst du Erfolg haben.
Ich kenne dort viele Leute, die hunderttausend Dollar
dafür zahlen würden, einen Großvater zu haben,
und noch viel mehr für einen Familiengeist.

Oscar Wilde: *Das Gespenst von Canterville*

1

eins

Zwei Tage, dreiundzwanzig Stunden und zweiunddreißig Minuten. Fast drei ganze Tage waren vergangen, seit Sabrina Monroe das letzte Mal mit jemandem geredet hatte, der nicht zur Familie gehörte. Ihr Rekord waren sieben Tage, vier Stunden und fünfundfünfzig Minuten, aber drei Tage waren auch schon eine Leistung. Von ihr aus könnte das ewig so weitergehen, ein geruhsames Leben im Homeoffice und mit geliefertem Essen.

Im Moment befand sie sich mitten in dem neuesten Bereich der Wilden-Aquapark-Welt (kurz WAW) – oder den Drei Pfützen, wie die Leute den Park auch nannten, obwohl er der weltweit größte seiner Art war. Die künstlichen Felsen waren noch nicht angestaubt und voll mit Kaugummis, die die Besucher daran festgeklebt hatten, die Farben der Wasserrutschen strahlten noch, und die bunten Wände waren noch nicht durch die jahrelange Chlorbelastung verblasst, die die Augen zum Brennen brachte. Sabrina saß auf einem weißen Plastikstuhl und hatte die Füße auf einem weiteren hochgelegt, während sie gerade durch die Nachrichten-App auf ihrem Handy scrollte, als von einem benachbarten Tisch ein Stapel Handtücher in eine Wasserpfütze fiel. Sie hob sie auf, hängte die nassen Handtücher über die Stuhllehnen, legte die noch trockenen mitten auf den Tisch und machte es sich schnell wieder auf ihrem Stuhl bequem, bevor irgendjemand etwas mitbekam. Ihre Nichten, Arabella und Lilly, und ihr Neffe, Oscar, tobten im Kinderbereich herum, der sich über drei Ebenen erstreckte und in dem es Seilbrücken, Wasserfontänen und niedrige Rutschen für die Kleinen gab, denen für die kurvenreichen offenen viergeschossigen Rohre noch der Mut fehlte. Aus einem riesigen Behälter ergossen sich alle fünfzehn Minuten dröhnend und tosend beinahe viertausend Liter Wasser, begleitet von einem Luftzug, der über den Lazy River blies, der sich durch die gesamte Anlage wand und in dem Schwimmreifen wie Donuts wippten und Kinder um schwimmende Erwachsene herumtobten, die ihnen böse Blicke zuwarfen.

Man hätte meinen können, es wäre schwierig gewesen, mit ihren beiden Nichten und ihrem Neffen einen Aquapark zu besuchen, ohne mit jemanden zu sprechen, doch sie hatte die Tickets online gekauft und zwischen den überfüllten Tischen Zuflucht gesucht, während die Kinder spielten. An einem überlaufenen, lauten Ort war es immer am einfachsten, allein zu sein, und nirgendwo war es lauter und voller als in einem Aquapark an einem verregneten Ferienwochenende.

Sabrina vermied in der feuchten, widerhallenden Halle die Interaktion mit anderen Menschen, indem sie sich mit ihrem Smartphone beschäftigte. Sie bemerkte die Leute nicht, die neugierig die Köpfe reckten. Sie bemerkte die Leute nicht, die Stühle von anderen Tischen stibitzten. Sie bemerkte das wütende, tätowierte Opfer eines solchen Stuhldiebstahls ganz in ihrer Nähe nicht, das mit einer riesigen, randvollen Margarita von der Snackbar zurückkam.

Es war reiner Zufall, dass sie genau im falschen Moment von ihrem Handy aufblickte.

Sie beobachtete, wie der wiederverwertbare Becher dem Mann mit den Tattoos aus der Hand flog, wobei durch die Schleuderkraft und den roten Plastikdeckel fast nichts von dem Inhalt verloren ging, bis der Becher mit ihrer Nase kollidierte. Mit Tequila angereicherter Pseudo-Erdbeer-Slush spritzte von ihrem Haar bis hinunter zu ihren in Flipflops steckenden Füßen, hinterließ auf ihrem gelben Badeanzug orangefarbene Flecken, die an einen Sonnenuntergang erinnerten, und verdunkelte ihren Blick durch kaleidoskopische, von dem plötzlichen Schmerz ausgelöste Sterne. Zusammengekrümmt vor Schmerzen, entging Sabrina dem unerwartet aerodynamischen weißen Plastikstuhl, der der Margarita folgte und über ihren Kopf auf die Stuhldiebe zuflog.

Ein Mann in einer bunten Badehose mit roten Krebsen unterdrückte ein Grinsen, während er die Flüssigkeit inspizierte, die von ihrem Kopf tropfte, was Sabrina darin bestätigte, dass sie total lächerlich aussehen musste. Welches Recht hatte er, sich über sie lustig zu machen? Er hatte Krebse auf der Badehose! Als er Luft holte, um etwas zu sagen, brach Sabrina ihr tagelanges Schweigen.

»In Deckung!«, rief sie und zeigte auf seinen weißen Plastiktisch, als ein Becher mit Limonade über sie hinwegflog. Im Kreuzfeuer des Essenskampfs verschwand der Mann unter dem Tisch und aus der Schusslinie. Jetzt konnte sie das Gleiche tun.

Sabrina duckte sich und hechtete in Sicherheit, während sie das Schlimmste des süßen Matsches aus ihrem Gesicht aufschlürfte; der Alkohol und der rote Farbstoff brannten in ihren Augen. Die sich bekämpfenden Parteien schrien, weiteres Essen und weitere Plastikbecher schlitterten über den nassen Beton, und schon bald kippten Tische um, als Leute dagegenstießen. Der Mann kauerte unter dem Nachbartisch.

Das Plätschern von rauschendem Wasser, das Schreien der Kinder und die von den Wänden widerhallenden Rufe der Eltern verstärkten den Lärm um sie herum.

Von ihrem Platz unter dem Tisch aus konnte sie ihre Schützlinge in dem spritzenden Wasser herumhüpfen sehen, blind gegenüber dem Tumult.

Zwei bullige Männer gingen aufeinander los wie Gladiatoren, wobei ihre behaarten Bäuche gegeneinanderstießen. Füße stolperten an ihrem Tisch vorbei und schoben ihr Smartphone in eine Pfütze. Mit wild klopfendem Herzen fischte sie es aus dem Wasser. Bitte nicht ihr Handy. Sie hatte kein Geld, um sich ein neues zu kaufen. Sie trocknete es, so gut sie konnte, mit einer kleinen, noch trockenen Stelle ihres Badeanzugs ab.

Ein paar zarte Füße blieben neben ihrem Tisch stehen; zu ihnen gehörte ein fröhliches Gesicht, das von kinnlangen hüpfenden Locken eingerahmt wurde. Die Konturen der Frau waren verwischt, als würde sie vor einer Lampe stehen. Bei Geist Molly war es kaum wahrnehmbar. Erst kürzlich verstorbene Geister hatten eine sehr viel deutlichere Weichzeichnung, ein eindeutiges Merkmal, an dem man erkannte, dass sie noch neu im Jenseits waren, und die Sabrina und ihrer Mutter half, sie zu erkennen.

»Was tust du da, Schätzchen?«

»Hey, Molly.« Sabrina war nicht überrascht, sie hier, inmitten dieses Tumults, zu sehen und machte sich auch keine Sorgen um ihre Sicherheit, als ein Tablett mit Nachos durch ihre Zehen hindurchschlitterte – das waren die Vorteile, keinen Körper mehr zu haben. Sie kannte Geist Molly schon ihr Leben lang; sie tauchte oft auf, wenn Sabrina am wenigsten mit ihr rechnete. Sabrina rutschte ein Stück, um ihr Platz zu machen. Bevor sie einmal geblinzelt hatte, war Molly neben ihr unter dem Tisch, die Arme um die Knie geschlungen, in den Augen ein aufgeregtes Funkeln. Sabrina versicherte sich, dass ihr Handy noch funktionierte. So weit, so gut. Sie drückte es an ihre Brust und achtete darauf, nicht an die klebrige Margarita zu kommen.

»Das ist total verrückt. Was ist passiert?«, fragte Molly.

»Stuhldiebe. Es ist schnell eskaliert.« Sabrinas Nase pochte, der Schmerz breitete sich rasend schnell in ihrem Gesicht aus. »Warum können die Leute nicht miteinander reden?«

»Sieh dir diesen süßen Hintern an.« Molly zeigte zwischen den Stühlen und Tischbeinen hindurch auf den kopfschüttelnden Mann in der Badehose mit den Krebsen. »Lass uns zu seinem Tisch hinüberrutschen.«

Sabrina schüttelte den Kopf. Molly schob sie gern zu gut aussehenden Männern hin. Eine Wolke warmer Luft aus dem riesigen Wasserbehälter traf sie und ließ die geschmolzene Margaritaschicht in ihrem Gesicht und auf ihrer Brust antrocknen. Ihre Haut begann zu jucken.

»Wahrscheinlich kann man das alles nachher im Internet sehen«, sagte Sabrina und ignorierte Mollys Bemerkung. Ein Tisch in der Nähe wurde zur Seite gestoßen.

Molly lächelte. »Zeigst du mir die Videos?«

»Ja.«

»Kleiner-Finger-Schwur?« Molly hielt die Hand hoch, den kleinen Finger abgespreizt. Sabrina tat es ihr gleich. Als ihre Finger sich berührten, war es, als würde sie ihren Finger in eine Schneewehe stecken. Molly strahlte. Sie liebte Internetvideos.

Von khakifarbenem Stoff umhüllte Beine und derbe Schuhe gingen an ihrem Tisch vorbei.

»Der Wachdienst ist da«, sagte Sabrina.

Sabrina beugte sich vor, um auf Hände und Knie zu kommen, und etwas von dem Margarita-Slush landete auf ihrem Handgelenk. Igitt. Als sie endlich wieder auf den Füßen stand, stand Molly neben ihr. Sie trug eine taillenhohe türkisfarbene Bikinihose, die in einer geraden Linie über dem Nabel endete, und ein passendes Oberteil mit breiten Trägern, das bis unter den Brustkorb reichte und nur wenige Zentimeter Haut zwischen Ober- und Unterteil freiließ. Sie sah sehr viel schicker aus als Sabrina in ihrem mit Margarita vollgespritzten gelben Badeanzug. Es war eben unendlich viel leichter, schicke Sachen zu tragen, wenn man sie allein durch einen Gedanken herbeizaubern konnte. Molly hüpfte auf den Fußballen herum, während sie den Trubel um sich herum beobachtete. Ein paar Leute brüllten immer noch herum, als das Sicherheitspersonal die sich bekriegenden Familien trennte.

»Ist das aufregend!«, rief Molly. »Oh, da kommt der Süße.« Sie zeigte auf den Mann.

Der dunkelhaarige Mann näherte sich ihrem Tisch mit einem Stapel Handtücher, er schlängelte sich zwischen den übervollen Tischen und den glotzenden Gästen hindurch. Am liebsten wäre sie wieder unter den Tisch gekrochen und hätte sich eine Grube gegraben, um darin zu verschwinden, so peinlich waren ihr das durch den Margarita-Slush ruiniertes Aussehen und ihre sich langsam bildenden Veilchen.

»Er ist echt heiß«, sagte Molly und wackelte mit den Brauen. »Findest du nicht auch?«

Sabrina wollte ihr zustimmen, doch ihr Verstand setzte gerade aus. Er würde sie ansprechen, und sie würde nur zurückstarren können. Um sich abzulenken, fing sie an, Dinge aufzulisten. Er hatte dickes, welliges Haar, das wirr um seinen Kopf hing und oben länger war als an den Seiten, und einen

Dreitagebart, der seine Kieferpartie markierte und seine vollen Lippen einrahmte. Auf dem Nasenrücken hatte er kleine rote Flecken, wo in der Regel eine Brille saß. Später, wenn sie sich diesen Moment bis ins kleinste Detail noch einmal vergegenwärtigen würde, würde ihr klar werden, dass er genau ihr Typ war, doch jetzt ignorierte sie das und schob den Gedanken beiseite. Er blieb vor ihr stehen.

»Hier nimmt man es ernst mit den Sitzplätzen«, sagte er lächelnd.

Sabrina blinzelte. Er hatte einen Witz über die idiotische Situation gemacht. Gern hätte sie etwas Geistreiches darauf geantwortet oder zumindest etwas nicht Idiotisches. Doch stattdessen wurde ihr Mund ganz trocken, und sie konzentrierte sich auf den pulsierenden Schmerz in ihrem Kopf, der immer stärker wurde – auf alles, was sie von ihrem rasenden Herzen ablenkte.

Als sie nichts sagte, meinte er leise: »Ich dachte, die könnten Sie brauchen.« Seine Stimme war weich, aber auch etwas heiser, als wäre er am Vorabend zu lange auf einem Konzert gewesen oder als hätte er den Tag in der chemiebelasteten Luft des Aquaparks verbracht. Blaue Augen musterten ihre schlampige Erscheinung und hielten bei ihrer Nase inne – dort, wo ihr Elend am schlimmsten war. Sie riss die Augen von dem nassen Betonboden los und blickte über sein rechtes Ohr hinweg, was gerade noch den Eindruck erwecken konnte, dass sie ihm in die Augen sah.

»Danke.« Na bitte, das war doch eine völlig normale Antwort. Sabrina griff nach dem obersten Handtuch und legte es sich um die Schultern, damit nicht noch mehr von dem Margarita-Slush an ihrem Badeanzug herunterlief. Molly stand hinter ihm und signalisierte ihr, dass sie lächeln sollte, indem sie auf ihr eigenes Grinsen zeigte. Klar, wie eine Idiotin zu lächeln, war genau das, was die Situation erforderte.

Sabrina ignorierte sie und griff nach einem zweiten Handtuch, um sich das Gesicht abzuwischen. Ihn nicht zu sehen, gab ihr Zeit, einmal tief durchzuatmen – durch die Nase ein und durch den Mund aus.

»Geht es Ihnen gut? Ich habe gesehen, wie diese riesige Margarita in Ihrem Gesicht gelandet ist«, sagte er. »Ich kann nicht glauben, dass sie so weit geflogen ist. Ich denke, wir haben es mit einem neuen olympischen Rekord zu tun.« Noch ein Witz, den sie ignorierte. Geplänkel lag ihr nicht, bei ihr klang es immer irgendwie peinlich. Selbst durch das Frottee ließ seine Aufmerksamkeit ihr Gesicht glühen, was es durch die schwüle Hitze des Aquaparks ohnehin schon tat.

»Nicht so ganz.« Sabrina tupfte mit dem Handtuch vorsichtig um ihre Nase herum. Es tat weh, die Haut zu berühren. Sie hoffte, eine mögliche Verletzung kaschieren zu können, denn auf der Arbeit dürfte sie schwer zu erklären sein – zusätzlich zu der durch das Getränkepulver fleckigen Haut. Es würde Ewigkeiten dauern, das alles abzuschrubben. Es gab bloß eine Möglichkeit, mit dieser Situation hier umzugehen. Sie holte tief Luft, um etwas zu sagen. Darüber nachzudenken, machte es nur noch schlimmer. Sie platzte mit dem Erstbesten heraus, das ihr einfiel. »Rot ist meine Farbe.«

Er lachte über ihren Witz.

Er lachte. Über ihren Witz.

Aber lachte er, weil das, was sie gesagt hatte, komisch war? Oder weil sie komisch aussah? Oder weil sie so ungeschickt war, dass es schon komisch war? Egal, es war ein herzliches Lachen, das tief aus seinem Bauch kam, wo jedes echte Lachen herkam. Es war kein gemeines Lachen. So viel erkannte sie.

Molly zeigte Sabrina zwei hochgereckte Daumen. Sabrina musste sich Mühe geben, um ihr nicht mit einem finsteren Blick zu antworten. Es war einfach zu lange her, dass sie einen Geist hatte ignorieren müssen, während sie mit jemandem sprach, der nicht zu ihrer Familie gehörte.

»Ich bin Ray.« Seine Lippen bogen sich in den Mundwinkeln nach oben, und auch wenn er lächelte, waren sie voll. Doch sie wollte nicht an seine Lippen denken. Sie wollte, dass er ging. Sie senkte den Kopf, und er sprach weiter. »Wollen Sie sich das abduschen?«

Mist. Er ging nicht. Sabrina versuchte, ihre Muskeln zu entspannen, aber sie blieben weiterhin starr und steif, einer möglichen Gefahr gegenüber wachsam. Im höchsten Fluchtmodus.

»Ich sammle die Kinder ein und gehe.« Sie zeigte zu dem riesigen Behälter hin, aus dem sich gerade das Wasser ergoss, und der Luftzug wehte eine lose Haarsträhne in die klebrigen Rückstände auf ihrer Nase. Sie wollte etwas Geistreiches sagen, ihn vielleicht noch einmal lachen hören, doch die Worte blieben ihr im Hals stecken. Sie war hin- und hergerissen, ob sie sich auf ihr Gefühl verlassen oder auf ihren Verstand hören sollte, und fühlte sich völlig erschöpft.

»Haben Sie Kinder?«, fragte Ray und suchte den Spielbereich ab. Gut, jetzt sah er sie wenigstens nicht mehr an.

»Nein«, sagte Sabrina.

Daraufhin bildete Molly hinter Rays Rücken mit den Unterarmen ein X, um ihr zu bedeuten, dass sie es nicht gut fand, wenn Ray dachte, dass sie Kinder hatte. Molly machte sich gern über unwichtige Dinge Gedanken. Sie sah Molly schnell mit gerunzelter Stirn an, während Ray immer noch zu dem Planschbereich hinübersah.

»Die Kinder gehören meinen Brüdern«, fuhr Sabrina fort. »Ich bin die coole Tante.«

Na bitte, das war schon besser. Sie konnte normal interagieren, selbst wenn sie voller Margarita war.

»Darauf möchte ich wetten.« Ray streckte die Hand aus, um ihr die Strähne aus dem Gesicht zu streichen. Sabrina zuckte zusammen, allein diese leichte Berührung tat weh. »Das wird nicht schön aussehen morgen. Sie sollten Eis darauflegen. Ich hole Ihnen welches.«

Bevor sie ihn davon abhalten konnte, war er auf dem Weg zur Bar.

Sabrina drehte sich zu Molly um. »Hör auf damit. Ich versuche, mich zu unterhalten, und du störst.«

»Ich helfe dir.«

»Du denkst, dass du mir hilfst, aber das tust du nicht. Er kann dich zwar nicht sehen, doch er sieht meine Reaktionen. Sei einfach still.«

Wenn Sabrina sich beeilte, konnte sie weg sein, ehe er zurückkam, und diese unangenehme Begegnung beenden. Ray schien ein netter Typ zu sein, warum sollte sie sich allerdings die Mühe machen, über die anfänglichen Peinlichkeiten hinwegzukommen, wenn sie in ein paar Monaten sowieso nicht mehr hier war?

zwei

Als Ray zu der derangierten Frau zurückkam, bewegten sich ihre Lippen, als führte sie Selbstgespräche. Selbst mit ihren roten Flecken hatte sie auf charmante Weise etwas Ehrliches an sich. Womöglich wusste sie nicht, wer seine Familie war, oder es war ihr egal. Mit ihren knappen Antworten und dem Vermeiden jeglichen Blickkontakts wollte sie wohl erreichen, dass er ging. Im umgekehrten Fall hätte er das genauso gewollt, doch er würde sie auf keinen Fall alleinlassen, ohne ihr geholfen zu haben, so gut er konnte, selbst wenn das bedeutete, mit einem Handtuch voller schnell schmelzender Eiswürfel eine Hindernisstrecke über von Urlaubern hinterlassenen Müll abzulaufen. Er hatte gesehen, wie sie vor dem Essenskampf die Handtücher aus der Wasserpfütze rettete, und wusste, dass sie für ihn das Gleiche getan hätte.

»Bitte sehr.« Er hielt ihr das Eis hin wie ein Friedensangebot.

»Danke, Ray.« Die Worte klangen gedämpft durch ihre anschwellende Nase. Sie griff von oben nach dem Eis und vermied den Kontakt mit seinen Händen. »Ich habe mich noch gar nicht vorgestellt. Ich heiße Sabrina.« Sie zog die Brauen zusammen, als wäre sie plötzlich traurig.

»Schön, Sie kennenzulernen, Sabrina.« Er legte seinen ganzen Charme in sein freundlichstes Lächeln, das Lächeln, das ihn auf der Warteliste eines Restaurants nach oben katapultierte oder ihm Zugang zu einer Immobilie verschaffte, bevor sie überhaupt auf dem Markt war.

Das Eis klirrte, als sie es auf ihre Nase legte, und verdeckte den größten Teil ihres Gesichts. Es erschwerte ihm, zu raten, was sie dachte, vor allem, da sie jeglichen Blickkontakt vermied.

»Finde ich auch.« Sie schloss die Augen, nachdem sie das gesagt hatte.

Finde ich auch? Ray presste die Lippen aufeinander, um nicht zu lächeln. Alles klar. Er machte sie nervös. Damit konnte er umgehen. Menschen die Befangenheit zu nehmen, sie sich entspannt genug fühlen zu lassen, dass sie ihm vertrauten, lag ihm im Blut.

»Ich bin letzten Herbst von New York hierhergezogen«, sagte Ray, ohne auf Sabrinas einsilbige Antworten zu reagieren. »Bisher hatte ich kaum Gelegenheit, außerhalb der Arbeit Leute kennenzulernen.«

Sabrina blinzelte ihn hinter dem Eis an.

Als sie nichts sagte, fuhr er fort. »Vielleicht würden Sie ja gern mal mit mir essen gehen?« Ray senkte den Kopf, dann sah er sie mit einem *Guck mal, wie harmlos ich bin!*-Strahlen in den Augen an.

Bernsteinfarbene Augen blickten zurück. Blickten sie überrascht? Geschockt? Entsetzt? Er bedauerte, ihr das Eis geholt zu haben, weil es so viel von ihrem äußerst ausdrucksvollen Gesicht verdeckte.

»Ich … arbeite viel«, sagte Sabrina.

Die Augen änderten die Blickrichtung und schienen für den Bruchteil einer Sekunde jemanden böse anzuschauen, der hinter ihm stand. Er sah sich um, aber da war niemand.

»Oh.« Er zögerte, denn ihre unerwartete Antwort hatte ihn aus dem Konzept gebracht. »Verstehe. Wie wäre es dann mit einem Drink? Ich arbeite im *Otter Club.* Wussten Sie, dass in Wisconsin vierzig Prozent des hergestellten Brandys konsumiert werden? Kommen Sie doch einmal vorbei, dann mache ich Ihnen den besten Brandy Old Fashioned, den Sie je getrunken haben.«

Warum musste er so etwas Dummes von sich geben? Jetzt wurde er auch nervös. Das wurde er sonst nie. Sie interessierte sich nicht für irgendwelche Fakten über Wisconsin. Mit zitternden Händen nahm sie das Eis von ihrem Gesicht. Die Haut verfärbte sich langsam violett. Morgen früh würde sie zwei riesige Veilchen haben. Es musste wehtun. Er hatte oft genug eins auf die Nase bekommen, um zu wissen, wie sich das anfühlte.

Sie wechselte die Hand, mit der sie das Eis hielt, und fingerte an ihrem Smartphone herum, wobei sie einen Blick auf ihre Schützlinge warf. Ihre distanzierte Art signalisierte ihm, dass sie am liebsten so schnell wie möglich flüchten wollte. Im Geiste ging er gerade seine Liste mit interessanten Small-Talk-Fragen durch, als sie endlich etwas sagte.

»Ich habe kein Interesse an einem Old Fashioned. Mein letzter Old Fashioned hat mich für einen alkoholfreien Cocktail verlassen.«

Sobald sie den Satz ausgesprochen hatte, schloss sie die Augen und schüttelte den Kopf, ein klares Indiz, dass sie mehr gesagt hatte als beabsichtigt. Das war zumindest etwas.

»Reden wir immer noch über Drinks?«, fragte Ray.

»Ich ziehe im Herbst weg.« Ihre Hand schloss sich fester um das Handy. Ihr Daumen tanzte über das Display, aber sie sah nicht hin. »Drinks sind nicht eingeplant.«

Er hatte es begriffen. Sie war nicht interessiert.

»Was machen Sie?«

»Ich bin Journalistin. Und wechsle gerade den Job.«

Bei dem ganzen Lärm um sie herum verstand er sie kaum.

Sabrina sah auf die Tische. »Ich muss jetzt los.«

Sie legte ihr Handy hin und faltete ein buntes Handtuch zusammen, ehe sie es in eine große Tasche steckte und das Gleiche mit einem zweiten tat. In der Hoffnung, noch ein oder zwei Minuten zu gewinnen, reichte er ihr einen Stapel Kleidungsstücke, an die sie nicht herankam. Sie nahm ihm die Sachen ab und stopfte sie in die Tasche.

»Was hat Sie nach Flyover Country verschlagen?«, fragte sie. Die Worte purzelten aus ihr heraus.

»Mein Onkel, eigentlich ist er mein Urgroßonkel. Er ist vor ein paar Monaten krank geworden, und ich bin hergezogen, um ihm zu helfen.« Das war nicht alles, aber auch er konnte seine Geheimnisse für sich behalten. Er holte tief Luft und sah sich um, während er seine Gedanken sortierte. »Und dann habe ich mich verliebt. In die Gegend, meine ich. Den Fluss. Ich weiß nicht genau, was es ist.«

Zumindest strahlten ihre Augen nun, und sie nickte. »Das verstehe ich gut. Der Fluss fängt deine Seele ein und lässt dich nicht mehr los.«

Ray hätte es nicht besser ausdrücken können. »Genau.«

Der Wisconsin River wand sich durch die Stadt, sodass man nie weit von seinen eindrucksvollen Ufern mit den engen Sandsteinwegen und den hohen Kiefern der Upper Dells entfernt war, dem Damm im Stadtzentrum, wo er kraftvoll toste, oder seinem mäandernden Lauf in den Lower Dells, wo der *Otter Club* über das Wasser blickte.

Sie legte das Eis auf den Tisch und griff nach einem frischen

Handtuch. »Ihn vermisse ich am meisten, wenn ich nicht hier bin«, sagte Sabrina.

Daran ließ sich anknüpfen. »Ja, das hat mich auch für den *Otter Club* begeistert.«

Sie sah ihn verwirrt an.

»Den *Otter Club*, meine ich«, erklärte er. »Früher hieß er River Lodge, ich habe ihn umbenannt, als ich ihn übernommen habe.«

Sie nickte, um ihm zu zeigen, dass sie ihm folgen konnte. Sie musste hier aufgewachsen sein, wenn sie den alten Namen kannte.

»Ich blicke jetzt jeden Tag auf den Wisconsin River«, fuhr er fort. »Ich würde den Club auch umsonst führen. Na ja, fast. Schließlich brauche ich ja etwas zu essen.«

Obwohl er während seiner jahrelangen Tätigkeit in der Immobilienbranche genug gespart hatte; er war hier, um einen Neuanfang zu machen, das Leben zu leben, das er leben wollte, zum Teufel mit den Wünschen seiner Eltern. Onkel Harry hatte ihm sogar geholfen, den *Otter Club* zu kaufen, und als stiller Teilhaber investiert, sodass ihm genug Mittel geblieben waren, die Modernisierungen vorzunehmen, die der Supper Club brauchte.

Sabrina frottierte sich mit dem sauberen Handtuch die Haare und wischte sich den Margarita-Slush ab, der noch nicht angetrocknet war. Dann winkte sie ihren Schützlingen. Seine Zeit war so gut wie abgelaufen.

»Wir müssen los«, sagte Sabrina. Sie griff nach einer Plastikbox mit Cookies, die auf dem Tisch stand, und drückte sie ihm an die Brust. »Danke für Ihre Hilfe. Die sind selbst gebacken.«

Ray nickte und fasste es als sein Stichwort auf, an seinen

Tisch zurückzugehen, als die Kinder sich zu ihr gesellten. Mit zitternden Händen stopfte sie den Rest ihrer Sachen in die Tasche, hüllte jedes Kind in ein trockenes Handtuch ein und führte sie hintereinander hinaus. Neue Gäste schnappten sich ihren Tisch, noch bevor sie sich auch nur zehn Schritte entfernt hatte, aber er sah ihr immer noch hinterher.

»Ich kenne diesen Blick.« Seine Schwester war eingetroffen. Lucy stellte ihren Gin Tonic auf ihren Tisch und drapierte ein flauschiges Strandtuch sorgfältig über einem Stuhl. Unter einem teuren schwarzen Strandkleid trug sie einen ebenso teuren Bikini. Er machte die Box auf, in der mehrere Reihen dünner, runder Cookies mit regenbogenfarbenen Sprenkeln lagen.

»Und was für ein Blick ist das?«

»Es ist der gleiche Blick, mit dem du eine Immobilie ansiehst, die du haben musst.«

Ray musste lächeln. Es fühlte sich auch genau so an.

Lucy redete weiter. »Vergiss nicht, dass eine Liebesgeschichte viel mehr ist als eine Immobilie.«

»Ja, Lucy, ich weiß, dass Frauen keine Immobilien sind.«

Er wählte einen Cookie und biss hinein. Der butterige knusprige Keks zerging ihm auf der Zunge – er war nicht übermäßig süß und hatte ein angenehmes Vanillearoma. Ein verdammt guter Cookie.

»Du weißt, was ich meine. Obsessive Recherche, endlose Telefonate und häufiges Vorbeifahren werden hier nicht funktionieren. Das bringt dir nur eine einstweilige Verfügung ein.«

Er griff nach einem zweiten Cookie, dann hielt er Lucy die Box hin. Sie schüttelte den Kopf.

»Ich weiß, wie man einer Frau den Hof macht.«

»Das sah aber nicht so aus. Ich erwarte ja nicht, dass dir gleich alle verfallen, was ich da allerdings gesehen habe, war peinlich für unsere ganze Familie. Ich gebe dir gern ein paar Tipps.«

»Ich bin gut.«

Seit über einem Jahr hatte Ray keine Verabredung mehr gehabt – nicht seit dem Ende seiner letzten katastrophalen Beziehung. Er war zu sehr damit beschäftigt gewesen, sich um Onkel Harry zu kümmern und den *Otter Club* aufzubauen. Doch jetzt, wo der Supper Club gut lief, hatte er Zeit, an andere Bereiche seines Lebens zu denken. Das Zusammentreffen mit Sabrina hatte ihn daran erinnert, dass er auch noch aus einem anderen Grund hier war. Onkel Harry hatte von den Menschen in den Dells immer gesprochen, als wären sie liebe Freunde, Menschen, die zur Stelle waren, wenn man sie brauchte, Menschen, die aufeinander achteten. Freunde und Nachbarn.

Er aß noch einen Cookie.

Es war an der Zeit, die Nachbarschaftsbeziehungen zu pflegen.

3

drei

Sabrina stopfte ihre Tasche in den Kofferraum ihres Autos, während Arabella, die Älteste des Trios, ihr half, die Kleineren anzuschnallen. Sie hatte sich nicht die Zeit genommen, ihre Flipflops anzuziehen, und der warme Asphalt wurde schnell so heiß, dass er Blasen warf. Doch sobald sie zu Hause waren, würde sie duschen.

Als Sabrina sich angeschnallt hatte, saß Molly bereits auf dem Beifahrersitz. Sie trug eine frische weiße Baumwollbluse mit einer hochtaillierten marineblauen Nadelstreifenhose und hatte das Haar in einen eleganten, farblich passenden Turban gepackt. Sabrina sehnte sich nur noch mehr nach der Dusche.

Es war einfach zu viel gewesen: die Margarita, der attraktive Mann in der Badehose mit den Krebsen und Molly, die ihr Worte der Ermutigung zugerufen hatte, während sie hinter ihm stand. Auf einer Skala von eins bis zehn bewegte sich ihre Angst um eine volle Acht herum.

Tief durchatmen.

Sie musste sie alle nach Hause bringen.

»Was für eine zauberhafte erste Begegnung!«, sagte Molly. »Hollywood könnte keine bessere einfallen. Eine Jungfrau in Nöten und ein edler Ritter mit flauschigen Handtüchern. Nimm die Einladung zu dem Drink an.«

»Ich werde mit niemandem etwas trinken. Das steht nicht zur Diskussion.«

»Mit wem sprichst du, Tante Sabrina?«, fragte Arabella von der Mitte des Rücksitzes aus. Sie war als Einzige alt genug, um einen normalen Sitzgurt ohne Kindersitz zu benutzen, und die Anführerin der kleinen Gang, eine geborene Diktatorin und zukünftige Prinzessin. Sie hielt die anderen beiden Kids auf Trab und sorgte für so viel Spaß, dass ihrer Cousine und ihrem Cousin gar nicht auffiel, dass sie die Regeln vorgab. Jetzt saßen sie zu ihren beiden Seiten, Lilly in ihrem kleinen Kindersitz und Oscar in seinem riesigen Autositz.

»Mit Molly.« Sabrina fuhr vom Parkplatz des Aquaparks und fädelte sich in den Verkehr ein.

Die drei wurden munter. Sie liebten alles, was mit dem Familiengeheimnis zu tun hatte. Das war ihr auch einmal so gegangen.

»Grüß sie von uns«, sagte Arabella.

Die anderen beiden nickten zustimmend.

Molly sah über ihre Schulter und winkte.

»Sie winkt euch zu.«

»Ich werde sie als Erste sehen, nicht wahr, Tante Sabrina?«, fragte Arabella.

Sabrina kratzte sich am Arm, der von dem trocknenden Chlor juckte. »Wahrscheinlich, aber Lilly und du seid nicht weit auseinander, sie könnte dich also überholen.« Ganz zu schweigen davon, dass niemand in der Familie wusste, ob ihr Bruder oder ihr Schwager Brendan der biologische Vater von Arabella war, und wenn Letzteres der Fall war, würde sie Molly nie sehen. Bei der künstlichen Befruchtung hatten sie sich darauf geeinigt, nie herausfinden zu wollen, wessen Spermien das Rennen gemacht hatten – obwohl

Arabellas bernsteinfarbene Augen den ihren ein kleines bisschen zu ähnlich sahen und dafürsprachen, dass sie verwandt waren.

»Es passiert in der Puuu-bertät«, sagte Lilly, wobei sie die erste Silbe betonte.

Arabella nickte.

»Und wann sehe ich sie?«, fragte Oscar und schielte zu dem leeren Sitz neben Sabrina hin, wobei er zu sehen versuchte, was er nie sehen würde.

»Du, mein Schatz, wirst sie nie sehen. Nur Mädchen können Geister sehen«, antwortete Sabrina.

Oscar machte ein finsteres Gesicht. »Ich will ein Mädchen sein.«

Sabrina lachte, und Molly kicherte.

»Die Zeiten haben sich geändert. Zu meiner Zeit hätte das kein Junge gesagt.«

»Gib ihm noch ein paar Jahre. Es ist immer noch eine Männerwelt, daran hat sich nichts geändert.«

Molly schob eine Locke in ihren Turban. An manchen Tagen wippten sie um ihre Ohrläppchen, an anderen wanden sie sich ihren Rücken hinunter wie Reben, aber sie sahen immer perfekt aus. Molly mochte zwar tot sein, doch sie legte Wert auf gutes Aussehen.

»Arabella sagt, dass ich bloß dann Geister sehen werde, wenn wir Oma und Opa besuchen«, sagte Lilly.

»Das ist richtig«, antwortete Sabrina.

»Gibt es in Minnesota keine Geister?«

»Doch, aber denen hilft eine andere Familie. Unsere Familie hilft den Geistern vor Ort bei ihren unerledigten Aufgaben. An anderen Orten helfen andere Familien. Das ist schon immer so gewesen.«

»Wo gehen sie hin, wenn du sie nicht sehen kannst? Schlafen sie?«, fragte Arabella.

Sabrina lächelte und nahm sich einen Moment, um sich ihre Antwort zu überlegen. Seit sie den Aquapark verlassen hatten, hatte sie sich ganz darauf konzentriert, was als Nächstes zu tun war, einen Schritt nach dem anderen gemacht. Die Kinder einsammeln, sie in Handtücher hüllen, zum Auto gehen, nichts fallen lassen, fahren. Sie wollte sich nicht damit auseinandersetzen, was passiert war, damit die Demütigung sie nicht in eine Negativspirale zog. Sie klopfte auf die Rückseite ihres Handys, konnte es kaum erwarten, in die Neuigkeiten und Probleme der anderen abzutauchen, doch das musste warten.

»Korrigier mich, wenn ich unrecht habe, Molly«, sagte Sabrina. »Es kostet Energie, sichtbar zu sein, deshalb verschwindet Molly, wenn sie sich ausruhen möchte, aber sie ist immer noch da. Molly kann innerhalb eines bestimmten Radius überall hingehen.«

»Kann sie mich in der Badewanne sehen?«, fragte Oscar.

»So etwas würde sie nie tun«, sagte Sabrina.

»Das kommt auf den Kerl an. Diesem Ray könnte ich schon einen Besuch abstatten«, meinte Molly und blinzelte ihr zu.

»Warum lebst du nicht hier, Tante Sabrina?«, frage Lilly.

Sabrina benetzte die Lippen – sie schmeckten nach billigem Tequila. »Weil Oma so gute Arbeit leistet und du ihr bald helfen kannst.«

Sabrina warf einen Blick in den Rückspiegel und sah, wie Arabella zum Vordersitz hinschielte und mit Macht zu sehen versuchte, wozu ihre Augen noch nicht bereit waren. Sie wollte so unbedingt erwachsen werden, doch Sabrina hätte ihr am liebsten gesagt, dass das nicht nur abenteuerlich und aufregend war. Kinder waren gemein. Sie würde allerdings anders sein. Obwohl Arabella im Gegensatz zu Sabrina dabei aufblühte, sich von der Meute abzuheben. Sie hoffte, dass das so blieb.

Es war Zeit, das Thema zu wechseln.

»Arabella, wie willst du deinen Geburtstag feiern?«

»Planst du ihn für mich?«

Sabrina nickte.

»Dann weiß ich, dass er schön wird. Väter sind nicht so gut darin, Mädchengeburtstage zu planen.«

»Das wissen sie auch. Deshalb haben sie mich ja gefragt. Also, was brauchen wir unbedingt?«

Arabella runzelte die Stirn und dachte gründlich nach, während Lilly und Oscar mit einigen Ideen kamen.

»Dinosaurier«, meinte Oscar.

»Hundebabys«, fügte Lilly hinzu.

»Die Oktonauten!«

»Die Eiskönigin.«

»Es ist Arabellas Geburtstag, sie darf entscheiden. Wenn ihr Geburtstag habt, könnt ihr das alles gern haben«, sagte Sabrina.

»Ich möchte eine Glamping-Party.«

Sabrina schnaubte. »Glamping? Weißt du überhaupt, was Glamping ist?«

»Schickes Campen mit vielen Kissen und schönen Zelten.«

»Ja, so etwas in der Art.«

»Und ein Feuerwerk.«

»Glamping und Feuerwerk. Verstanden.«

Sabrina bog um die Ecke zum Haus ihrer Eltern, einem großen, alten Haus, bloß wenige Blocks von der Stadtmitte von Wisconsin Dells entfernt, wo billige T-Shirt-Shops, Süßwarengeschäfte, Restaurants, Souvenirläden und Bars sowie unvermutete Jahrmarktattraktionen wie das Wizard Quest und die Möglichkeit zum Axtwerfen die Straße säumten. Ideen für die Geburtstagsfeier kamen ihr in den Sinn, fertig, um auf Papier festgehalten und in die Tat umgesetzt zu werden. Sie hoffte, dass Cal und Brendan dazu bereit waren.

Das Haus ihrer Eltern hatte – genau wie Molly – die Jahrhundertmarke bereits überschritten. Die Häuser an der mit großen Eichen und Ahornbäumen gesäumten Straße waren so unterschiedlich, wie sie nur sein konnten: Von maroden Kolonialbauten über prachtvolle Villen, die man in B&Bs umgewandelt hatte, bis hin zu neuen Häusern, wo die alten abgerissen worden waren, gab es alles.

Sabrina parkte in der Einfahrt. Mrs. Randolphs Kater saß auf dem warmen Asphalt vor ihrer Garage; er hatte den einzigen Sonnenstrahl erwischt, der durch die hochgewachsenen Bäume des Hofs drang. Er musste wieder durch das Loch in der Fliegengittertür entwischt sein und seinen Kopf als Rammbock benutzt haben. Sie griff über Molly hinweg zum Handschuhfach und holte eine Rolle Klebeband heraus, die sie wie ein Armband um ihren Arm zog. Die Kinder auf dem Rücksitz hatten sich selbst abgeschnallt und flitzten zum Haus, um zu erzählen, wie Sabrina zu ihren beiden Veilchen gekommen war.

Sabrina stieg aus dem Auto, und der Kater rollte sich auf die Seite, als sie näher kam. Sie bückte sich, und das Blut schoss ihr in den Kopf, während ein pochender Schmerz in ihre Nase fuhr. Sie kraulte dem Kater kurz den Bauch und hob ihn hoch, er fühlte sich auf ihrem Arm wie ein schlaffer Sandsack an. Mrs. Randolph mochte es nicht, wenn er in dem regen Verkehr draußen war, doch er vertrat standhaft die Meinung, dass die Sonnenstrahlen in der Einfahrt von sehr viel höherer Qualität waren. Sabrina hatte ihn diese Woche schon zweimal wieder nach drinnen verfrachtet.

»Komm, Mr. Bennett, Zeit, nach Hause zu gehen.«

Molly folgte ihr. Sie war innerhalb eines Augenblinzelns aus dem Wagen gestiegen und an Sabrinas Seite.

»Du kannst sie nicht ewig ignorieren. Diese Seelen brauchen dich«, sagte Molly und würdigte den Kater keines Blicks. Mr. Bennett mochte sie nicht sonderlich, weshalb Molly lieber so tat, als würde er nicht existieren, als sich vor den Kopf gestoßen zu fühlen, wenn er sie anfauchte. Sie hatten einen Waffenstillstand des gegenseitigen Ignorierens geschlossen.

»Die anderen Geister haben meine Mutter, und die Mädchen sind auch bald alt genug. Sie können es kaum erwarten, ins Familiengeschäft einzusteigen.«

Sabrina versuchte, den Kater durch das Loch in dem Fliegengitter zurückzuschieben, was Mr. Bennett ganz und gar nicht gefiel. Er sträubte sich, bis Sabrina es schließlich aufgab. Sie machte die Tür auf, setzte ihn auf den Boden und schloss sie, bevor er wieder entkommen konnte. Mit dem Klebeband klebte sie die Öffnung zu. Nach einem missglückten Versuch, noch einmal durch das Loch zu schlüpfen, saß Mr. Bennett auf der anderen Seite der Tür, wo er miauend sein Missfallen zum Ausdruck brachte. Das Klebeband würde nicht lange halten. Sie musste das Fliegengitter reparieren.

»Du hilfst Mrs. Randolph, aber anderen Geistern kannst du nicht helfen, ihre unerledigten Dinge zu Ende zu führen?«

»Du weißt, warum.«

»Inzwischen kannst du dich doch behaupten. Du kannst mit nervigen Geistern umgehen, ohne dass jemand etwas davon mitbekommt. Und Ray ist kein Mistkerl. Er scheint mir nicht der Typ zu sein, der etwas dagegen hat, wenn gelegentlich ein Geist auftaucht.«

»Wir werden nicht diskutieren, wogegen Ray etwas hat und wogegen nicht. Ich werde mich nicht mit ihm treffen.«

Sabrina wollte nicht an Ray denken. Alles, was sie wollte, war duschen.

»Mir gefällt der Name Ray.« Mollys Gesicht nahm einen verträumten Ausdruck an.

»Sabrina?« Eine herrische Stimme unterbrach ihre Fantasien von heißem Wasser und Schaumbergen. Hinter ihr stand eine kleine, runzlige Frau. Ihr graues Haar war von dunkelbraunen Strähnen durchzogen und zu einem festen Knoten gebunden. Sie trug ein teures Chanel-Kostüm, und ein diesiger Schein verwischte ihre Konturen, als hätte jemand mit einem Radiergummi um sie herum radiert.

Instinktiv machte Sabrina einen Schritt zurück, wobei sie in einen scharfen Stein trat. »Verdammt.«

»Achte auf deine Wortwahl, junge Dame.« Die Frau streckte sich. Jetzt erkannte Sabrina sie.

»Madam Hendricks?« Sie war die Großmutter einer früheren Klassenkameradin und hatte immer darauf bestanden, mit Madam und nicht mit Mrs. angeredet zu werden.

Sabrina seufzte und verschränkte die Arme vor der Brust. »Und das ausgerechnet jetzt?«

»Dann stimmt es also«, sagte Madam Hendricks, während sie Sabrina mit neuem Interesse betrachtete. Dann streckte sie die Arme vor sich aus und inspizierte sie im Tageslicht, wobei ihre Fingerspitzen in Sabrinas Ellenbogen verschwanden.

Sabrina zitterte bei der eisigen Berührung.

Mist. Hiermit wollte sie nichts zu tun haben. Sie trat aus ihrer Reichweite.

Nachdem das Problem mit dem Kater erst einmal gelöst war, warf Sabrina die Rolle mit Klebeband durch das offene Autofenster, holte ihre Taschen aus dem Kofferraum und sagte: »Ja. Sie sind tot. Kommen Sie mit.« Danach trat sie in ihr Elternhaus, während Molly und Madam ihr folgten.

vier

Rays Urteil in Immobilienfragen war absolut fachmännisch; er konnte sofort sagen, ob ihm ein Objekt gefiel, und seine Meinung auch begründen. So war es auch mit dem *Otter Club* gewesen, als er vom College aus das erste Mal hier war. Er hatte auf Anhieb gewusst, wie er ihn verbessern könnte, was repariert werden und was genau so bleiben musste, wie es war. Er fuhr mit der Hand über die lasierten Holzstämme des Verandageländers und überprüfte sie geistesabwesend auf raue Stellen, an denen ein Gast sich einen Splitter holen könnte, doch vor allem genoss er die Stille. Nach dem Krach im Aquapark war ihm die Ruhe willkommen, die er nur noch ein paar Stunden würde genießen können, nämlich bis das Restaurant öffnete.

Er holte tief Luft. Ruhe und Frieden erfüllten ihn, die Luft trug den reichen Duft dunkler Erde und sprießender Vegetation in sich. Das von stattlichen Kiefern und vereinzelten Birken und Pappeln umgebene Restaurant bot Abendessen und einen großartigen Blick auf den Wisconsin River, bis er hinter einer Biegung verschwand, die der Fluss sich über Tausende von Jahren gegraben hatte. Er war hier breit und floss langsam genug, dass die Leute ihn manchmal für einen kleinen See oder einen großen Teich hielten, bis eins der

Ducks – der historischen Amphibienfahrzeuge – vorbeituckerte.

Letzten Oktober war er hier gewesen, am letzten Wochenende vor der Winterpause des Supper Club. Der Parkplatz war vor Touristen und Einheimischen nur so übergequollen, die alle noch ein letztes Mal hier hatten essen wollen, bevor der Besitzer in den Ruhestand ging und nach Alabama zog. Damals hatte er nicht genau gewusst, was einen Supper Club von einem gewöhnlichen Restaurant unterschied. Es war schwer fassbar und genau wie die Sonne über dem Mount Everest oder das Schnorcheln neben einem Walhai am besten zu verstehen, wenn man es selbst erlebte – alle Sinne waren gefragt, um es zu beschreiben, und jede Beschreibung blieb hinter dem realen Erleben zurück. Supper Clubs waren so. Man brauchte Zeit für sie. Zeit, um einen Cocktail oder auch mehrere vor dem Essen zu trinken, während man vor der Geräuschkulisse aus klirrendem Besteck und den Unterhaltungen der anderen Gäste von dem Teller mit Antipasti naschte, einer Auswahl an rohem Gemüse, Pickles, Oliven, Streichkäsen und Kräckern. Gefolgt von gegrillten Steaks mit Kräuterbutter als Hauptgang, die auf glühend heißen Metalltellern serviert wurden, und als Beilage dazu kross gebratene Kartoffeln. Um sich dann für den Digestif an die Bar zu begeben und den Abend mit einer süßen Note ausklingen zu lassen. Es war mehr als ein Essen, es war ein Ausgeh-Abend. Seitdem er den *Otter Club* im Herbst übernommen hatte, hatte er sich mehrere Supper Clubs im Staat angesehen, die alle ihren eigenen Charakter hatten. Einige waren im Retrostil eingerichtet (vielleicht sogar mit Originalteilen), andere hatten den alten Klassikern Modernes hinzugefügt, und wieder andere blickten auf eine lange Geschichte zurück, hatten Speisekarten mit interessanten Geschichten und Familienfotos an den Wänden, während noch andere mit ihrem dunklen, höhlenartigen Ambiente an ihre Wurzeln aus der Zeit der Prohibition erinnerten. Für den *Otter Club* hatte er ein natürliches Ambiente gewählt, das zu der Umgebung passte.

Nach einem unvergesslichen Abendessen aus Hochrippe und Jakobsmuscheln hatte er an genau dieser Stelle auf der Veranda gestanden, die um das ganze Restaurant lief, und an einem Manhattan genippt – er hatte damals noch nicht gewusst, wie göttlich ein gut gemixter Brandy Old Fashioned sein konnte. Während er seinen Drink genoss, hatte die Dämmerung die herbstliche Landschaft in Violett- und Blautöne getaucht, die Vögel waren verstummt, und er hatte das sanfte Plätschern des Flusses gegen die Ufer gehört, eines Otters, der ins Wasser platschte, und eine Eule, die einen Gruß in den Abend rief. Ein Gefühl der Ruhe hatte sich ganz tief in seiner Seele ausgebreitet; jedes Rascheln besänftigte und beruhigte seine rasenden Gedanken. Er war zufrieden. Er wollte die Eulen an ihren Schreien erkennen, die Eichhörnchen an ihren buschigen Schwänzen und die Bäume an ihren Silhouetten. Wie würde es hier aussehen, wenn alles von weißen Schneewehen umgeben war oder wenn während der Frühjahrsschmelze Eisbrocken vorbeitrieben? Wie würde es hier klingen, wenn das Frühjahr mit seinem frischen, feuchten Wachstum kam oder der Spätsommer mit der für ihn typischen trockenen Luft?

Zum ersten Mal in seinem Leben hatte er frei atmen können, und dass nicht nur, weil die Luft mit einer belebenden Leichtigkeit durch seine Lungen strömte, sondern weil er gefunden hatte, wovon er nicht wusste, dass er es brauchte. Einen Ort, der zu ihm passte.

Er dachte wieder an die heutigen Ereignisse. Sabrina hatte seine Aufmerksamkeit erregt, als sie die Handtücher aufgehoben hatte, die nicht einmal ihr gehörten. Traurig, dass einfache Freundlichkeiten so selten geworden waren, dass sie auffielen. Sie hatte ängstlich und ein wenig unsicher gewirkt, und es hatte ihn immens gefreut, als sie einen witzigen Kommentar gemacht und ihm einen kleinen Einblick in eine andere Seite von ihr gewährt hatte. Er hoffte, dass er sie wiedersah.

»Hast du etwas von Dad gehört?« Lucy trat zu ihm auf die Veranda. In ihrem schmalen schwarzen Rock, der frischen weißen Bluse und den eleganten hochhackigen Schuhen, von denen er wusste, dass sie mehr kosteten als ein einwöchiger Urlaub in einem der hiesigen Ferienorte, sah sie aus, als wollte sie ein Immobiliengeschäft abschließen. Ihr blondes Haar fiel ihr glatt und seidig glänzend über die Schultern.

Die Familie versammelte sich.

»Vorhin hat er mir eine SMS geschickt. Die Schwestern sagen, dass es nicht mehr lange dauern wird. Ich fahre bald wieder ins Krankenhaus.«

Sie legte ihm die Hand auf den Rücken und streichelte ihn. »Geht's dir gut?«

»Dad setzt mir immer noch hart zu.«

»Kannst du ihm das vorwerfen? Er ist in dem Glauben aufgewachsen, dass das Leben in den Dells die reinste Hölle ist. Ohne jede Kultur und völlig trostlos.«

»Das ist ja das Problem. Er denkt, dass ich irgendein perfektes Leben wegwerfe, aber ich weiß – wie ich das vom ersten Moment an gewusst habe –, dass es mir bestimmt ist, hier zu leben. Jetzt wird alles gut.«

»Langsam klingst du wie Onkel Harry.«

»Gut. Ich kann nur hoffen, dass ich halb so viel Glück habe.«

»Gib Dad etwas Zeit. Er wird einlenken. Wenn aus keinem anderen Grund, als dass er weiß, was Familienverantwortung heißt.« Lucy machte eine Pause. »Ich werde nicht so tun, als würde ich es verstehen, aber ich respektiere deine Entscheidung. Um Mom solltest du dir eher Sorgen machen. Sie hasst das hier.«

»Als wir das letzte Mal zusammen hier waren, schien es beiden aber zu gefallen.«

»Bei diesem Herbsttanz, den die Stadt jedes Jahr veranstaltet?«

»Ja, bei der Abschiedsgala. Das war bezaubernd.« Nun war er für dieses jährlich wiederkehrende Event verantwortlich, da es von jeher in der früheren River Lodge stattfand.

»Damals hast du, was Alkohol angeht, noch nichts vertragen. Glaub mir, es war grauenhaft.«

Ray sagte nichts dazu, doch er hatte das anders in Erinnerung, zumindest so, dass der Umzug hierher sich unvermeidlich angefühlt hatte. Mit der Zeit würde sich alles finden.

Ein scharfer Schmerz in seiner Hand fing Rays Aufmerksamkeit ein – er hatte eine raue Stelle im Geländer entdeckt. Er studierte den Splitter, der aus seiner Handfläche guckte. Vielleicht war seine rosige Erinnerung ja doch nicht ganz perfekt, aber das hieß nicht, dass sich nichts Gutes daraus machen ließ. Vor neun Monaten hatte er so gut wie nichts über seinen Onkel gewusst. Er war hergekommen, um ein paar Antworten zu bekommen, und schließlich geblieben, als er den Supper Club gekauft hatte und Onkel Harry krank geworden war. Den Umzug nach Wisconsin hatte er als Entschuldigung benutzt, sein Leben in New York hinter sich zu lassen. Er hatte nicht damit gerechnet, dass er den alten Mann so mögen würde. Den liebenswerten Greis mit seinem dünnen weißen

Haar, dem täglichen Brandy als Schlaftrunk und der verblüffenden Gabe, für jede Gelegenheit eine lustige Geschichte auf Lager zu haben – wie die, wie er einmal mit seinen Kumpeln einen der Trinkbrunnen des Parks mit einem Fässchen Bier verbunden und eine spontane stadtweite Party geschmissen hatte, für die er sich einen Strafzettel von der örtlichen Polizei eingehandelt hatte, der gerahmt an der Wand seines Büros hing. Die Geschichte war sogar noch besser geworden, nachdem Ray sich schlaugemacht hatte, was ein Trinkbrunnen war. Oder die, wie er und sein Bruder sich immer mit irgendwelchen Mädchen in einen geheimen Raum geschlichen hatten, den es irgendwo im Haus der Jaspers gab und in dem zur Zeit der Prohibition Alkohol versteckt worden war. Ray hatte noch nicht die Zeit gehabt, danach zu suchen.

»Mir geht es gut. Ich wünschte, mir wäre mehr Zeit mit ihm geblieben, aber ich bin dankbar für das bisschen, das ich hatte. Er war ein guter Mensch.«

»Willst du wirklich hierbleiben?«

Ray holte tief Luft. Nicht sie auch noch.

»Es ist nicht so, dass ich deine Entscheidung nicht respektiere. Ich werde dich nur vermissen.« Lucy holte tief Luft. »Es ist so ruhig hier.«

»Das gefällt mir am besten. Hier ist es ideal, um Menschen kennenzulernen, diesen Ort kennenzulernen, mich selbst kennenzulernen.«

»Ist das so eine Art Suche nach dir selbst und danach kommst du wieder zurück?«

»Ich werde nie nach New York zurückkommen.« Er zog an dem Splitter, wobei der Teil, der herausguckte, abbrach, während der größere nach wie vor in seiner Hand steckte. »Ich gehöre hierher. In den Dells sollte es immer einen Jasper geben, und im Moment bin das ich. Ich habe die Abschiedsgala geerbt. Du weißt, wie sehr mir das gefällt.«

»Kannst du nicht jemand anderen damit beauftragen? Die Stadt erwartet ganz bestimmt nicht von dir, dass du sie ausrichtest.«

»Ich habe Deals über Unsummen abgeschlossen, an denen viele Parteien beteiligt waren. Also werde ich wohl noch ein Abendessen mit Tanz planen können.« Er lachte und dachte dabei an eine mit Margarita bespritzte, ein bisschen unbeholfene brünette Frau mit bernsteinfarbenen Augen, die er gern zum Tanzen auffordern würde.

fünf

Durch die Hintertür gelangte man über eine kleine Treppe in die Küche, in der drei kleine Kinder, die alle auf einmal redeten, einen gehörigen Lärm veranstalteten, während Sabrinas Mom sie mit dunklen Cookies fütterte, die angesichts der Menge an Schokolade, die an ihren Händen und in ihren Gesichtern klebte, noch warm sein mussten.

»Hey, Mom.«

Ihre Mutter, Jenny Monroe, gab Sabrina zur Begrüßung einen Cookie. Als sie sah, wen sie mitgebracht hatte, zögerte sie.

»Arabella, nimm alle mit nach oben, und lass ein Bad ein. Ich komme gleich nach, um euch abzuspritzen. Sag Opa, dass er dir Handtücher rauslegen soll.«

Sabrina schauderte erneut, ihr Ellenbogen war noch immer kalt von Madams Berührung. Sie versuchte, für Molly Platz zu lassen, als wäre sie körperlich anwesend. Es war nicht nur unhöflich, durch sie hindurchzugehen, die eisige Kälte hing auch im Raum – eine Erinnerung daran, dass das, was die meisten Menschen von der Welt sahen, noch nicht alles war.

»Ich kann das doch machen«, sagte Arabella und machte sich ein bisschen größer.

»Ich bin mir sicher, dass du das kannst. Aber ein Teil des

Vergnügens, eine Oma zu sein, ist der, euch zu baden. Und jetzt ab mit euch.«

Ihre Mutter trug wie üblich ein langes, locker fallendes Sommerkleid aus dickem T-Shirt-Stoff – die Art, die man in guten Geschäften fand und die mit der richtigen Pflege nach zwanzig Jahren noch neu aussahen. Das, was sie heute anhatte, war oben blau-weiß gestreift, hatte einen Gummizug in der Taille und war von dort bis zu den Knöcheln uni blau. Strahlend weiße Turnschuhe und kurze, bis zu den Knöcheln reichende Söckchen vervollständigten den Look. Sie hatte dickes, weißes Haar, das immer zu einem ordentlichen tiefen Pferdeschwanz gebunden war, der ihr zart gerunzeltes Gesicht eigentlich hätte älter machen sollen, stattdessen aber ihre rosigen Wangen und ihre schelmischen blauen Augen betonte. Alles, was sie an Anziehsachen besaß, war gebügelt, einschließlich ihrer Unterwäsche und ihrer Socken. Ihre Mutter beharrte darauf, dass man nicht ordentlich gekleidet war, wenn nicht alles sorgfältig gebügelt war. Sabrina erlaubte es sich, anderer Meinung zu sein.

»Der sollte deiner vom Kampf müden Seele helfen.« Sabrinas Mutter nickte zu dem nicht verzehrten Cookie in Sabrinas Hand hin. »Setz dich, damit ich mir deine Nase ansehen kann.« Sie leckte sich die Schokolade von den Fingern, während sie sich zu Molly umdrehte, die neben der Spüle stand. »Hi, Molly.« Zuletzt sah sie Madam Hendricks an. »Madam.« Ihr Ton war frostig.

»Ich habe mich gefragt, ob du wohl vorhast, mich zu begrüßen. Vielleicht sagst du mir ja, warum ich hier bin. Deine Tochter ist nutzlos.«

Falls Sabrina sich jemals gefragt hatte, von wem der gemeine Zug in der Familie kam, hatte sie ihre Antwort. Gemeinheit lag den Hendricks' in den Genen.

Sabrinas Mutter presste die Lippen aufeinander. »Wenn du nicht für immer hier festsitzen willst, solltest du dich an deine Manieren erinnern. Ich muss erst Sabrina versorgen. Inzwischen kannst du ja darüber nachdenken, was du tun wolltest, bevor du gestorben bist. Molly kann dir mit allen Fragen, die du vielleicht hast, helfen.«

Madam schnaubte, musterte jedoch Molly, die jetzt ein gelb-grünes Chanel-Kostüm mit einer Kette mit drei Perlensträngen und einen Pillbox-Hut trug. Jackie O. hätte ihre Freude an ihr gehabt.

»Sabrina hat einen Mann kennengelernt«, sagte Molly und lachte, als Sabrina ein finsteres Gesicht machte. »Und er steht auf sie.«

Sabrinas Mutter runzelte die Stirn, während Madam ihren Finger durch die Arbeitsplatte stieß.

»Für gewöhnlich hat Molly recht in diesen Dingen. Sie hat mich auch zu deinem Vater hingeschoben.«

»Ich weiß, ich weiß. Es war auf der Abschiedsgala, und du standest oben auf der Veranda, und Molly hat dich die Stufen hinunter in Dads Arme gestoßen. Du hast das schon zigmal erzählt – und findest das, was Molly gemacht hat, immer noch romantisch statt gefährlich.«

Molly streckte Sabrina die Zunge heraus, und die revanchierte sich auf die gleiche Weise.

»Ich habe gewusst, dass er sie auffangen wird und sie sich ineinander verlieben, weil er sie gerettet hat. Ich würde niemals jemanden in Gefahr bringen. Er hat stundenlang ihre Beine angestarrt. Er konnte sie gar nicht verfehlen. Ich bin wie Amor – nur hübscher.«

»Das war das erste Mal, dass ich gesehen habe, wie du dich in Luft aufgelöst hast«, sagte Sabrinas Mutter.

»Wir lösen uns in Luft auf?«, fragte Madam.

Molly tippte sich auf die Lippen, dann antwortete sie. »Wenn wir mit festen Objekten interagieren, verbraucht das Energie, und wir haben nicht genug, um sichtbar zu bleiben oder zu kontrollieren, wo wir sind. Je länger wir da sind, desto stärker werden wir. Belle kann alles Mögliche tun.«

»Belle? Wie Belle Boyd, die Spionin der Konföderierten?« Madam sah geschockt aus.

»Ja. Sie hat auch etwas von einer Zicke. Du solltest den Friedhof meiden. Sie wird dich nicht mögen.« Molly zögerte. »Egal, es hat jedenfalls einige Wochen gedauert, bis deine Mom mich wieder sehen konnte. Ich bin nur herumgeschwebt und habe zugesehen, wie die beiden die ganze Zeit miteinander geknutscht haben.«

»Oh«, sagte Sabrina in dem Moment, als ihre Mutter zum Sprechen ansetzte.

»Nicht die ganze Zeit. Und ich wusste nicht, dass du uns beobachtest.« Die Wangen ihrer Mutter waren noch rosiger geworden.

»Ich hatte keine Kontrolle darüber, wo ich war«, sagte Molly mit einem Schulterzucken.

»Okay, jetzt zu diesem Mann.« Sabrinas Mutter zwinkerte Molly zu und lehnte sich näher zu Sabrina hin. »Erzähl mir von ihm.«

»Du kennst doch diese großen Margarita-Becher zum Nachfüllen? Das passiert, wenn ein voller davon mit deinem Gesicht kollidiert.« Sabrina zeigte auf ihr Gesicht, das um die Augen herum langsam blau wurde.

»Danach habe ich nicht gefragt.« Ihre Mutter befühlte mit den Fingern die geschwollene Haut um ihre Nase, während Sabrina nach der Seite mit den Todesanzeigen griff, die auf dem Küchentisch lag. Sie hatten sich für ihr Familiengeheimnis als nützlich erwiesen, wenn es galt, einen neuen Geist zu identifizieren.

Sabrina wusste, was ihre Mutter wissen wollte. Obwohl sie bereits drei Enkelkinder hatte, die im Badezimmer oben einen heillosen Krach machten – und wahrscheinlich eine kleine Überschwemmung verursachten –, wollte ihre Mutter noch mehr. Ihre Brüder Cal und Trent waren definitiv damit durch, sodass es an Sabrina war, den Stammbaum der Monroes zu erweitern – und nichts würde ihre Mutter glücklicher machen, als wenn das in naher Zukunft geschähe. Es war ein Jammer, dass sich ihr allein bei dem Gedanken an eine Beziehung die Kehle zuschnürte.

Ihre Mutter legte ihr sanft eine Hand auf die Wange. »Tief durchatmen.«

Und das tat sie.

Einatmen. Ausatmen. Einatmen. Ausatmen.

Sabrina machte es wieder, als ihre Mutter ihre Nase inspizierte.

»Sie ist nicht gebrochen, aber sie wird in den nächsten Tagen schrecklich aussehen und noch weher tun. Pack Eis drauf.«

Bevor sie angefangen hatte, ihre Enkel mit Zucker high zu machen, hatte ihre Mutter als Krankenschwester im örtlichen Krankenhaus gearbeitet. Nachdem sie sich stundenlang um andere Leute gekümmert hatte, war sie nach Hause gekommen, um dort zusätzlich zu den Pflichten, die das Familiengewerbe mit sich brachte, ihre zweite Schicht bei ihrer eigenen Brut zu absolvieren, bei der immer Schürfwunden und Blutergüsse zu versorgen und Küsse zu verteilen gewesen waren. Sabrina wollte das nicht. Sie kam kaum mit ihrem eigenen

Leben zurecht. Ihre Mutter presste die Lippen zusammen, während sie weiter Sabrinas Gesicht inspizierte.

»Hast du einen Therapeuten angerufen?«

Sabrinas Schweigen sagte ihr alles, was sie wissen musste.

»Janie vom Bridge-Club betet ihre Therapeutin an. Sie sagt, dass sie sie gelehrt hat, die Göttin zu sein, von der sie immer gewusst hat, dass sie in ihr steckt. Hier ist ihre Nummer.«

Ihre Mutter gab ihr einen Zettel. Sabrina brauchte weder eine Nummer, noch wollte sie eine Göttin sein. Sie musste weg aus den Dells. Irgendwohin, wo Geister nicht aus dem Nichts auftauchen und ihr Leben ruinieren konnten. Selbst Molly, die sie wie eine Schwester liebte, machte durch die konstante Angst, dass jemand ihr Geheimnis entdecken könnte, ein normales Leben unmöglich.

Ein lauter Knall und ein Platschen, gefolgt von lautem Gelächter, waren von oben zu hören und retteten sie vor der Antwort.

»Madam, wir kümmern uns gleich um dich. Ich gehe besser hoch, bevor wir alle wegschwimmen«, sagte ihre Mutter und verließ die Küche.

»Ich wische mir mal diese Schweinerei ab«, sagte Sabrina zu Molly und ließ sie und Madam plaudernd in der Küche zurück.

Wenn sich doch auch der Rest ihres Lebens so leicht wegspülen ließe wie die getrocknete Margarita und die Reste ihrer Würde.

Sabrina zog unter der Dusche den fleckigen Badeanzug aus und schrubbte ihre rot gefärbte Haut, ehe sie sich abtrocknete und in ein bequemes Sommerkleid schlüpfte, das locker und weich über ihren angespannten Muskeln saß. Vor dem Spiegel machte sie sich einen Pferdeschwanz und zuckte zusammen, als sie sah, wie die Haut um ihre Augen sich dunkel verfärbte. Das ging auf der Arbeit überhaupt nicht.

Sie holte ihre Make-up-Tasche aus dem noch immer unausgepackten Koffer und warf sie zum ersten Mal, seit sie nach Hause gekommen war, aufs Bett. Sie benutzte nur selten mehr als einen getönten Lippenbalsam und Sonnencreme, vielleicht noch ein wenig Puder und Mascara, wenn sie jemanden für die Arbeit interviewen musste, doch sie besaß nichts, das deckend genug war, um die sich violett verfärbende Haut abzudecken. Morgen früh, wenn sie zur Arbeit gehen musste, würde es noch schlimmer aussehen.

Im Kopf ging sie durch, wie lange es dauern würde, zu Walmart zu fahren. Zweiundzwanzig Minuten für die Hin- und Rückfahrt. Zehn, nein, fünfzehn Minuten, um einen Concealer auszuwählen. Fünf Minuten, um ihn auszuprobieren. Sie kam auf zweiundvierzig Minuten, wenn sie die Interaktionen mit anderen Menschen auf ein Minimum beschränkte. Zweiundvierzig Minuten, dann konnte sie auf ihr Bett fallen und die Welt außen vor lassen.

Als Nächstes griff sie nach ihrem Schlüsselanhänger und schnappte sich ihren Geldbeutel, in dem ein paar Dollarscheine und ihre Kreditkarten steckten. All ihre Trinkgelder kamen in das riesige Glas auf ihrer Anrichte.

Als sie sich in ihr Auto setzte, sah sie, wie sich Mrs. Randolphs Tür an der Stelle, an der sie das Klebeband angebracht hatte, wölbte. Alle paar Sekunden dehnte sie sich aus, als würde sie atmen. Mr. Bennett probte einen weiteren Ausbruch.

Sie fügte ihrer Minutenliste noch einen Halt beim Baumarkt hinzu. Fünfundsechzig Minuten.

*

Sabrina lag gut in der Zeit, alle Ampeln hatten auf Grün gestanden, und sie hatte keine langsamen Fahrer vor sich gehabt. Nahe der Eingangstür hatte eine Parklücke auf sie gewartet, und den perfekten Concealer, der eine maximale Deckung garantierte, hatte sie auch schon gefunden. Sie hatte sogar noch eine schnelle Onlinesuche nach Bewertungen geschafft, um sich zu versichern, dass die Angaben auf der Verpackung korrekt waren – und das waren sie.

Die Internetrecherche war als Journalistin immer ihre Stärke gewesen. Die Recherche und das Schreiben. Sie liebte es, wie die richtigen Worte Wahrheiten enthüllen konnten. Es war der aggressive Teil ihrer Arbeit, den sie hasste, wie ihr Mund jedes Mal trocken wurde und ihr sich der Magen umdrehte, wenn sie zum Telefon greifen musste, um eine Quelle anzurufen, wie ihr Herz heftig klopfte und ihr der Schweiß ausbrach, wenn sie jemanden interviewen musste. Das hätte ihr reichen müssen, um zu wissen, dass sie sich für den falschen Beruf entschieden hatte. Aber das hätte das Eingeständnis erfordert, dass sie für einen ganz bestimmten Job Schulden angehäuft und sechs Jahre Ausbildung verschwendet hatte. Für etwas anderes war sie nämlich nicht qualifiziert. Wenn man sie mit ihrem Computer allein ließ, ging es ihr gut. In ihrem letzten Job in Washington D.C. hatte sie nicht einmal ein Geheimnis daraus gemacht. Sie war nicht gefeuert worden, weil sie zu viele Pausen gemacht hatte; sie hatte eine Deadline zu viel nicht eingehalten, weil sie zu viel Zeit damit verbracht hatte, lieber im Internet zu recherchieren, als schnell ein paar Telefonanrufe zu tätigen. Der Agentur war ein Exklusivbericht durch die Lappen gegangen, und sie hatte ihre Stelle verloren. Doch wie sollte sie sonst aus ihrer Heimatstadt herauskommen? Sie brauchte genug Geld, um ihre Schulden spürbar zu verringern, und einen neuen Job als Entschuldigung, um zu gehen.

Sie hielt den Concealer fest umklammert und suchte sich die kürzeste Schlange – die aus nur einer Person bestand. Von ihrem Erfolg war sie so aufgedreht, dass sie sich an der Kasse nach einem Schokoriegel umdrehte. Direkt hinter ihr stand Ray aus dem Aquapark; er war nun vollständig bekleidet, hatte eine Brille auf der Nase und sah noch attraktiver aus. Sie konnte nicht einfach gehen oder die Schlange wechseln. Sie saß in der Falle. Vielleicht erkannte er sie ja nicht, jetzt, wo sie geduscht hatte und nicht mehr so rot war. Als sie sich ein Twix schnappte, schaute sie dabei möglichst nach vorn, um ihn nicht ansehen zu müssen, konnte sich einen flüchtigen Blick jedoch nicht verkneifen.

Er sah sie direkt an, und in seinen Augen blitzte ein Erkennen auf. Gefolgt von einem echten Lächeln, als würde er sich wirklich freuen, sie zu sehen.

»Hey«, sagte er. »Es freut mich, dass es Ihnen gut geht. Ihre Cookies waren großartig. Ich habe mich schon gefragt, wie ich Sie finden kann, um Ihnen die Box zurückzugeben. Ich werde sie einfach mit mir herumtragen, um sie Ihnen zu geben, wenn wir uns das nächste Mal über den Weg laufen.«

Das nächste Mal? Sie hoffte, dass das nicht passieren würde. Wie kam es, dass er so viel zu sagen hatte? Erwartete er, dass sie auf die gleiche Weise reagierte? Moment … er hatte an sie gedacht? Das gefiel ihr, obwohl es das eigentlich nicht sollte.

Die Kassiererin hatte ihre beiden Artikel eingescannt, was sie als Entschuldigung nahm, ihm nicht zu antworten und stattdessen eine ihrer Kreditkarten herauszuholen. Dabei fielen ein paar Scheine, die neben der Karte steckten, zu Boden. Sie wollte einfach nur bezahlen und gehen. Schnell legte sie die

Kreditkarte auf das Gerät, bevor sie die heruntergefallenen Scheine aufhob und sich zu einem strammen Lächeln zwang. Reichte das als Antwort?

Das Kassengerät gab einen traurigen Piepton von sich, und die Kassiererin sah auf das Display. »Tut mir leid, die Karte wurde abgelehnt«, erklärte sie verärgert.

Sabrinas Herz pochte heftig, und sie begann zu schwitzen.

»Ich versuche es noch einmal.«

Diesmal schob sie die Karte in das Gerät. Vielleicht funktionierte die Kontaktlosfunktion ja nicht? Oder es gab irgendwo im System eine Störung? Doch ihr Bauchgefühl wusste es besser. Sie hatte sich in D.C. zu sehr auf ihre Kreditkarten verlassen. Musste sie dieser Fehler gerade jetzt einholen? Diesmal starrten sie und die Kassiererin auf das Display, während Ray taktvoll die Auswahl an Kaugummis studierte. Sie wollte so tun, als wäre er nicht da, doch er war einfach nicht zu übersehen.

Wieder ertönte der traurige Piepton.

»Es tut mir leid. Aber haben Sie noch eine andere Kreditkarte? Oder Bargeld?«

Sabrina sah auf die beiden zusammengeknüllten Scheine in ihrer Hand.

»Bitte«, sagte Ray und reichte ihr seine Karte.

O mein Gott. Er wollte die Sachen für sie bezahlen, womit er bestätigte, dass ihm nicht entgangen war, dass das Gerät ihre Karte abgelehnt hatte. Ihre zitterigen Knie waren ein deutliches Zeichen, dass sie gehen musste, ehe sie jegliche Kontrolle über ihre Muskeln verlor, doch die guten Manieren, die ihre Mutter ihr eingebläut hatte, gewannen die Oberhand.

»Nein danke.« Sabrina hoffte, laut genug gesprochen zu haben.

Sie konnte weder ihm noch der Kassiererin in die Augen sehen. Den Blick starr auf den Boden gerichtet, verließ Sabrina den Laden und lief auf dem Weg zum Ausgang noch in einen anderen Kunden hinein. Sie hätte es besser wissen müssen, als das Schicksal heute herauszufordern. In den Dells passierten ihr immer schlimme Dinge, aber dass ein attraktiver Fremder Zeuge ihrer Schmach geworden war, machte es noch schlimmer.

6

sechs

Ray atmete durch den Mund, als er in der Tür zum Krankenzimmer seines Onkels stand. Krankenhäuser rochen alle gleich. Egal, wo sie waren, überlagerte der gleiche antiseptische Geruch Traurigkeit und Kummer, Leiden und Hoffnung. Doch auch der Duft von Flieder hätte an dem verkniffenen Ausdruck von Rays Mutter, Claire Jasper, nichts geändert, als sie sich in dem kleinen Krankenzimmer umsah, in dem Onkel Harry flankiert von ihr und ihrem Mann und diversen piependen Maschinen lag. Es würde nicht mehr lange dauern. Nach einem Leben mit schwerem Essen und regelmäßigem Brandy-Genuss hatte seine Leber schließlich aufgegeben. Manchmal hatte er klare Momente, aber dann wieder wusste er weder, wo er war, noch, wer er war.

»Ray.« Onkel Harry flüsterte seinen Namen, als er Ray in der Tür stehen sah.

Seine Eltern drehten sich zu ihm um, die Lippen seiner Mutter wurden noch strammer. Ray ignorierte sie.

»Onkel.« Er griff nach Onkel Harrys Hand. Sie war kalt, als würde das Blut sich nicht mehr die Mühe machen, so weit zu fließen, die Haut war gelblich und blutunterlaufen. Ray hätte so gern die Wärme seiner Hand an Harrys Hand weitergegeben. »Ich habe gehört, dass es in Wisconsin dreimal mehr

Bars als Lebensmittelläden gibt.« Harry hatte ihn angeregt, sich über Essen und Trinken im Bundesstaat zu informieren, wenn er ein Restaurant aufmachen wollte. Er bemühte sich, an etwas anderes zu denken, doch sein Kopf war leer bis auf das eine Thema, von dem er unbedingt jemandem erzählen musste. »Ich habe eine Frau auf einen Drink eingeladen. Sie hat mich abblitzen lassen, aber ich hoffe, sie gibt mir noch eine Chance.«

Onkel Harrys Lippen öffneten sich leicht, doch seine Lider schlossen sich, und er döste weg. Ray hielt seine Hand weiter fest. Er wollte ihm alles von seinem Zusammentreffen mit Sabrina und von ihren Cookies erzählen. Er hatte die Hälfte bereits aufgegessen, und mit jedem Bissen war sein Wunsch, sie besser kennenzulernen, stärker geworden. Vielleicht kannte Onkel Harry sie sogar.

Im Zimmer blieb es ganze dreißig Sekunden still, bevor seine Mutter zum Sprechen ansetzte.

»Was ist das für ein Unsinn, dass du jemanden kennengelernt hast? Erzähl mir nicht, dass du dich mit jemandem triffst«, sagte sie.

»Okay, tu ich nicht.«

Zuerst schnaubte sie, dann runzelte sie die Stirn. Ray genoss es. Seine Mutter mischte sich viel zu sehr in sein Liebesleben ein.

»Wenn wir erst wieder zu Hause sind, essen wir mit den Sullivans zu Abend. Ihre Tochter hat gerade ihr Studium an der Wesleyan abgeschlossen. Oder war das Sarah Lawrence? Jedenfalls eine von den beiden. Es gibt dieses Entengericht, das du so gern magst. Vielleicht machen wir auch ein paar ganz besondere Flaschen aus dem Keller auf. Was meinst du, Schatz?«, sagte Claire und drehte sich zu ihrem Mann um.

»Das klingt wunderbar«, antwortete Raymond Jasper III. und lächelte seine Frau an, obwohl Ray sicher war, dass er nicht zugehört hatte. Sein Vater funktionierte nach dem pawlowschen Prinzip, das er über vierzig Jahre Ehe geradezu perfektioniert hatte. Wenn seine Frau »Schatz« sagte, antwortete er: »Das klingt wunderbar.« Sie würde sowieso machen, was sie wollte, und das ersparte ihm Stunden ermüdender Diskussionen. Meistens funktionierte es. Ray hatte sich vor Jahren geschworen, einem ähnlichen Schicksal zu entgehen.

»Ich bleibe hier. Wenn die Tochter der Sullivans also nicht zum Abendessen nach Wisconsin kommen will, werde ich das wohl verpassen.«

»Du spinnst. Sag ihm, dass er spinnt, Schatz.«

»Das klingt wunderbar.«

Ray biss sich auf die Unterlippe, um nicht zu lachen. Das war eine dieser Gelegenheiten, bei denen die Standardantwort nicht funktionierte.

Claire schnaubte. »Raymond Jasper, ich brauche hierbei deine Unterstützung. Ray muss zurück nach New York kommen, er kann sein Leben nicht in so einem Kaff vergeuden.«

»Mutter, das ist kein Kaff. Wir haben Internet, elektrischen Strom und sogar fließendes Wasser. In New York hält mich nichts mehr.«

»Dein ganzes Berufsleben spielt sich dort ab.«

»Mein Berufsleben kann sich überall abspielen, wo ich sein möchte. Und ich möchte hier sein, im *Otter Club*.«

»Und was soll ich den Leuten sagen?«

»Denk dir was aus.«

»Wir werden dieses kleine Hobby nicht unterstützen.«

Ray biss die Zähne zusammen. »Ich kann für mich selbst

aufkommen. Das Restaurant wird bald schwarze Zahlen schreiben. Vielleicht habe ich für die Immobilienbranche nicht gebrannt, aber ich bin vom Fach. Ich weiß, was eine gute Investition ist.«

»Raymond.« Der Ton seiner Mutter machte klar, dass die nächste Stufe ihres gemeinsamen Zangenangriffs erreicht war.

Mit einem Seufzer stand sein Vater auf und trat zu seiner Frau. »Wir verkaufen unsere Immobilien hier, dann hast du weder einen Grund noch einen Ort, um zu bleiben.« Er machte eine Pause. »Einschließlich Harrys Haus und seiner Hälfte des Restaurants.«

Ray blieb der Mund offen stehen. Die Jaspers verkauften kein Land, es sei denn, sie hatten es darauf angelegt, einen großen Profit zu machen.

»Das kannst du nicht machen. Ich lebe dort, und das Haus und eine Hälfte des Restaurants gehören Onkel Harry.«

»Und bald mir. Wir sind seine Erben, seine nächsten lebenden Verwandten«, sagte sein Vater.

»Wir verkaufen alles, damit du nach Hause kommst«, sagte seine Mutter.

Ray runzelte die Stirn. Er war nicht flüssig genug, seine Eltern auszubezahlen – er hatte den größten Teil seiner Reserven in die Renovierung gesteckt und gerade noch genug für seinen Lebensunterhalt, bis das Restaurant lief. Wenn seine Eltern diesen Plan durchzogen, würde von dem Jasper-Vermächtnis in den Dells nichts mehr bleiben.

»Ich kaufe es.« Er würde einen anderen Investor finden.

»Dazu hast du nicht das Geld«, sagte sein Vater. Er klang traurig, als würde es ihm überhaupt nicht gefallen, seinen Sohn zu manipulieren. »Wir verkaufen an keinen anderen

Investor. Du wirst an uns verkaufen müssen, sonst bist du zahlungsunfähig.«

»Warum tut ihr das?«, fragte Ray.

»Weil wir wissen, dass es das Beste für dich ist, nach Hause zu kommen«, antwortete seine Mutter.

Was wollten sie von ihm? Dass er das Familiengeschäft übernahm, die Jasper Holdings? Das war Lucys Ding, nicht seins. Ray musste wenigstens einen Weg finden, das Haus und das Restaurant zu halten. Wenn er das Haus hatte, konnte er das machen, weswegen er hergekommen war. Ray suchte verzweifelt nach etwas, nach irgendetwas, was seine Eltern umstimmen könnte.

»Es muss immer einen Jasper in den Dells geben«, sagte er.

»Das sind Harrys Worte, nicht deine«, hielt seine Mutter dagegen.

»Das reicht, Claire«, mischte sich sein Vater ein. »Ray ist erwachsen, und in einem Punkt hat er recht: Es gibt eine familiäre Verpflichtung, unsere Interessen hier zu vertreten. Die Jaspers sind Führungspersönlichkeiten, wo immer sie leben. Wenn du uns das beweisen kannst, ziehen wir in Erwägung, Harrys Teil des Restaurants an dich zu verkaufen. Aber du musst das Geld aufbringen.«

»Und wie stellst du dir vor, dass ich euch das beweise?«

»Dein Restaurant richtet doch diesen alljährlichen Schwof aus, oder?«, fragte sein Vater.

Ray nickte. »Die Abschiedsgala.«

»Ja, die. Zeig mir, dass das hier deine Bestimmung ist und nicht die Übernahme der Jasper Holdings«, sagte sein Vater. Seine Mutter öffnete den Mund und wollte Widerspruch einlegen, doch sein Vater hob die Hand, um ihre Kommentare abzuwehren. »Lass es.«

Sie stand auf und verließ das Zimmer, ihre kleinen Absätze klickten wie Hammerschläge in seinen Schläfen.

»Danke, Dad.«

»Ich tue das nicht für dich. Dein Onkel Harry war ein guter Mensch, und alle hier haben ihn gemocht und geschätzt. Sein Vermächtnis sollte nicht in Vergessenheit geraten. Diese Aufgabe übernimmst jetzt du. Mach der Familie Ehre.«

Sein Vater verließ das Zimmer, um zu seiner Mutter zu gehen. Ray blickte auf Onkel Harrys geschrumpften Körper unter der dünnen Krankenhausdecke, das Piepen der Maschinen war wie ein Metronom für seine rasenden Gedanken. Wo sollte er anfangen? Er hatte keine Ahnung, welchen unsichtbaren Maßstab sein Vater anlegen würde, doch er wusste, dass er ihm gerecht werden musste. Allein das Planen der Gala war eine riesige Herausforderung – er war nur einmal in seinem Leben auf einer gewesen. Er brauchte Hilfe – jemanden, der die Gegend und die Geschäftsleute vor Ort kannte. Seine Leute würden sich um das Essen kümmern, doch zu einer erfolgreichen Veranstaltung gehörte mehr. Er wusste, dass seine Zukunft hier in Wisconsin Dells lag, aber er würde eine erfolgreiche Veranstaltung auf die Beine stellen müssen, um sich diese Chance zu verdienen.

7

sieben

Am nächsten Tag auf der Arbeit verschwand Sabrina in der Mitarbeitertoilette, als ein glatter blonder Pferdeschwanz vor ihr auftauchte. Erika Hendricks. Erbin der Real Dells Ducky Tours, Enkelin von Madam Hendricks, Mitglied der örtlichen Schickeria (falls es denn in Wisconsin Dells so etwas gab) und Kindheitspeinigerin von Sabrina. Erika hatte keine Gelegenheit ausgelassen, Sabrina zu zeigen, dass sie ihr überlegen war, doch heute hatte Sabrina nicht vor, ihr eine Chance dazu zu geben. Die Kälte der Betonwände kroch durch ihr weißes Poloshirt, als sie sich dagegenlehnte. Die Sonne schien, der Terminkalender war voll, der Tag versprach zu gut zu werden, um ihn sich von diesem verwöhnten Weibsstück ruinieren zu lassen. Sabrina zählte bis sechzig, während sie ihr Shirt wieder in die blauen Shorts steckte und überflüssigerweise glatt strich, ihren hellgelben Bucket Hat gerade rückte. Sie holte ihr Handy heraus, öffnete die Nachrichten-App und klickte die meistgelesenen Artikel an. Eine Flut in Südostasien, ein Vorsaisonhurrikan, der sich über dem Atlantik zusammenbraute, noch ein Politiker, der etwas Dummes gesagt hatte. Oh, und eine Katzenmutter, die ein paar kleine Waschbären adoptiert hatte.

Tief durchatmen.

Sabrina zog sich den Bucket Hat tiefer in die Stirn, riss die Tür auf und blinzelte unter der Hutkrempe hervor in das strahlende Sonnenlicht. Die meisten ihrer Kollegen hassten den albernen Hut mit dem Gummientchen-Abzeichen, doch Sabrina mochte ihn. Er schuf eine zusätzliche Barriere zwischen ihr und der Welt, einen kleinen tragbaren Schutzraum. Ihr gesunder Menschenverstand sagte ihr, dass das keinen Sinn machte, aber psychologisch betrachtet war es, als würde sie ein Dach mit sich herumtragen. Nahm man noch die unerlässliche dunkle Sonnenbrille und die ausgearbeiteten Stichworte für ihren Vortrag hinzu, war sie gut vorbereitet, um auf einem der Ducks vor einer Horde fremder Menschen zu sprechen. Mit etwas Glück würde sie zusätzlich zu ihrem täglichen Lohn am Abend noch mit ein paar Hundert Dollar in bar nach Hause gehen. Nach dem Horror bei Walmart brauchte sie jeden Penny.

Touristen warteten in langen, sich windenden Schlangen, um ihre Tickets zu kaufen und auf das nächste verfügbare Fahrzeug zu springen, das neben der Laderampe wartete, wo sie dann an Bord der Amphibienfahrzeuge gingen. Auf einem Duck war Platz für zwanzig Passagiere inklusive ihrer selbst, außerdem verfügte es über einen Klappsitz für zwei weitere Personen, doch auf dem ließ sie nur Kinder sitzen – die Erwachsenen wollten Small Talk machen. Alle Fahrzeuge waren dunkelblau und hatten über den Sitzen ein weißes Schutzdach. Beide Seiten und das Dach zierten große gelbe Enten, die den gleichen Hut trugen wie sie. Sie hießen Ducky. Ducky, die Ente.

Sabrina stand nahe der Toiletten im Schatten der Garage, wo die Mechaniker die Boote instand hielten. Alle waren echte Amphibienfahrzeuge, die im Zweiten Weltkrieg im Einsatz gewesen waren, und die Instandhaltung war in jeder Saison einer der Hauptkostenfaktoren. Es war Zeit, dass ihres sich für die Tour einreihte.

»P.S.«, sagte eine nasale Stimme. Erika. Klar, dass sie Sabrina mit ihrem verhassten Spitznamen von der Mittelstufe anredete – der Kurzform von Psycho-Sabrina, weil Kinder eben gemein waren. Wie benommen schob sie sich ihre Sonnenbrille ins Gesicht, um von Erikas glänzendem Haar nicht geblendet zu werden, wobei sie an ihre verletzte Nase kam.

»Erika.« Sie brachte den Namen kaum heraus, doch Erika bemerkte es nicht. Sie hörte nie jemandem zu.

»Mutter hat gesagt, dass du diesen Sommer hier arbeitest. Es ist immer schön, wenn man auch ältere Mitarbeiter hat, die nicht jeden Abend Party machen.« Erika sah sie nicht an, sondern behielt ihre Umgebung im Blick, denn es könnte ja sein, dass noch jemand Interessanteres auftauchte; ihr schwarzes Sommerkleid – das genau wie seine Trägerin alles Licht absorbierte – deutete als Einziges darauf hin, dass Erika um ihre Großmutter trauerte.

Sabrina schwieg. Was sollte sie darauf sagen? Erika hatte recht. Sie ging abends nicht aus.

»Ich gehöre jetzt zum höheren Management, deshalb kümmere ich mich um den Zeitplan. Sag mir, wenn es irgendwelche Probleme gibt.« Ihr Mund verzog sich unter ihrer kleinen, geraden Nase zu einem Grinsen, die eindeutig nicht die war, die sie in der Achten gehabt hatte.

Erika wartete. Entweder wollte sie Sabrina Gelegenheit geben zu antworten oder, was wahrscheinlicher war, sie mit ihrem Schweigen in Verlegenheit bringen. Sabrina zählte ihre Atemzüge. *Eins, zwei, drei.* Doch das Schweigen dauerte zu lange, und ihre guten Manieren setzten sich durch. Der Tod gehörte nicht zu den Dingen, die ihre Familie ignorierte, egal, wie sehr Sabrina sich das auch wünschte.

»Das mit deiner Großmutter tut mir leid. Ihr vermisst sie bestimmt sehr.«

Ihre Mutter hatte ihr erzählt, was passiert war, als sie mit Madams Geist im Schlepptau zum Haus der Hendricks' gegangen war.

»Diese Familie«, hatte ihre Mutter gesagt. »Sie würden nicht an die Schwerkraft glauben, würde sie sie nicht auf dem Boden festhalten. Ich bin schließlich in ihr Haus marschiert und habe die Familiendiamanten hinter einem losen Mauerstein auf dem Dachboden hervorgeholt. Sie hätten eher das Haus Stück für Stück auseinandergenommen als mir geglaubt, dass Madam mir post mortem gesagt hat, wo sie versteckt sind. Erika hatte bereits versucht, mit einem Vorschlaghammer auf die Schlafzimmerwand einzuschlagen.«

Jetzt rieb Erika an genau diesen Diamanten, die an ihren Ohren funkelten, und schürzte die Lippen. »Du hast sie nicht gekannt.«

Sabrina blinzelte. So viel zu gesellschaftlichen Umgangsformen.

»Ich sollte …« Sabrina zeigte auf das Duck, die einzige Entschuldigung, die Erika gelten lassen musste, und trat in die Sonne.

Erika schnappte nach Luft. »Was ist mit deinem Gesicht passiert? Nimm die Sonnenbrille ab.«

Sabrina folgte der Aufforderung, und ihr Blick wanderte zu Erikas Schuhen, um ihr nicht ohne Sonnenbrille in die Augen sehen zu müssen. Erikas sonnengebräunte, perfekt pedikürte Füße – mit den golden lackierten Zehennägeln – steckten in hinten offenen Sandalen, aber nicht in irgendwelchen Sandalen. Sie waren von Gucci, aus rosa Leder, und jeden Schuh zierte ein goldenes G. Ehe Sabrina antworten konnte, redete Erika weiter. Sie rümpfte die Nase, während sie Sabrinas verletztes Gesicht studierte.

»Hast du keine Abdeckcreme?«

Nein, um genau zu sein, hatte sie die nicht.

»So kannst du nicht rausgehen. Du machst den Kindern ja Angst«, kränkte Erika sie weiter.

Das Funksprechgerät, das Sabrina an ihrer Taille trug, erwachte zum Leben.

»Sabrina, kommst du?«

Sie drückte auf einen Knopf an der Seite. »Bin unterwegs.«

Sabrina sah Erika mit einem Schulterzucken an. Was erwartete sie von ihr? Die Tour war startklar.

»Bäh. Setz deine Sonnenbrille wieder auf und versuch, dich auf dem Boot nicht umzudrehen. Wenn sich ein Passagier beklagt, gebe ich ihm sein Geld zurück und ziehe es dir von deinem Lohn ab.«

Sabrina nickte, doch bevor sie auf ihr Boot entkommen konnte, tauchte ein alter Mann neben Erika auf; seine Gesichtshaut, die einmal prall und straff vor Vitalität gewesen sein musste, hing schlaff herunter. Dünnes weißes Haar stand von seinem Kopf ab und dekorierte die glänzende Kopfhaut wie Schneewehen, was durch einen verräterischen dunstigen Schein, der an den Nebel um eine Straßenlaterne erinnerte, noch betont wurde. Sie zuckte bei seinem plötzlichen Erscheinen zusammen und zog erneut Erikas Aufmerksamkeit auf sich.

Nicht jetzt. Bitte nicht jetzt.

Erika kniff die Augen zusammen und fokussierte die Stelle, zu der Sabrina hinsah. Da sie keine Erfahrung im Ignorieren eines Geistes mehr hatte, schob sie die Sonnenbrille wieder auf ihren Platz. Nach all den Jahren, in denen sie nicht zu Hause gewesen war, hatte sie die Fähigkeit verloren, das unerwartete Erscheinen eines Geistes zu überspielen, und dieser hier machte es ihr nicht leicht.

»Bak schlu! Rax lüs!« Er brüllte ihr wiederholt Unsinn ins Gesicht, während er wie Kermit der Frosch wild mit den Armen um sich schlug. Der Krach und Erikas prüfender Blick waren zu viel. Sie ging auf die Rampe mit den Ducks zu, während sie die Hand in die Tasche steckte, um über das Display ihres Handys zu reiben wie über einen Handschmeichler. Wenn sie nicht ganz schnell hier wegkam, würde Erika noch mehr zum Stadttratsch beitragen können. Die Leute liebten Anekdoten über die neuesten Schrullen ihrer Familie. Ihre Mutter war dagegen sicher – sie hatte zu vielen Leuten im Krankenhaus geholfen –, doch Sabrina war Freiwild.

»Ich kann dir nicht helfen«, flüsterte Sabrina dem Geist zu in der Hoffnung, dass Erika es nicht hörte.

Die Augen auf den Boden gerichtet, ging Sabrina mit schnellen Schritten zu ihrem Fahrzeug, während der Geist des alten Mannes auf sich zeigte.

»Rax Onko. Rax Onko.« Er schwenkte die Arme so heftig, dass Sabrina den Wind fast spürte, und seine Stimme quäkte, als er das Kauderwelsch von sich gab. Seinen beharrlichen Gesten fehlte es an Energie. Er musste ziemlich krank gewesen sein, bevor er gestorben war.

»Was war das?«, fragte Erika.

Sabrina ging weiter, der Geist konnte kaum mit ihr Schritt halten. Sie geriet in Panik. Sie konnte keine Tour führen, während er ihr Sachen ins Ohr schrie. Sie blieb stehen und hoffte, dass sie außer der Hörweite von Erika war.

»Ich kann dir nicht helfen. Geh zu meiner Mutter, das ist die andere leuchtende Person.« Geister wurden wie Raumschiffe, die in einem Traktorstrahl gefangen waren, zu Sabrina und ihrer Mutter hingezogen, und Molly zufolge leuchteten sie beide in einem einladenden Blau. Ungeachtet, wo Molly in der Gegend gerade war, konnte sie sagen, wo Sabrina und ihre Mutter waren. Dieser neue Geist konnte das offenbar nicht, denn er jammerte weiter. Wo war Molly, wenn man sie brauchte?

»Mit wem redest du?« Mist. Erika war ihr gefolgt.

»Mit mir selbst«, murmelte Sabrina. Sie steckte die Hände tief in die Hosentaschen, und die Luft um sie herum wurde schwer und drückte sie zu Boden. Sie kämpfte dagegen an, ihr Atem wurde kurz und ihre Beine wackelig. Sie konnte nirgendwohin flüchten, und der brabbelnde Geist war keine Hilfe.

»Es geht nicht, dass unsere Fahrer Selbstgespräche führen, P.S. Wenn du nicht wenigstens so tun kannst, als wärst du normal, funktioniert das nicht.« Erika schien noch mehr sagen zu wollen, doch ihr Handy klingelte. Mit einem schnellen Blick auf das Display sah sie über ihre Schulter zum Büro. »Reiß dich zusammen. Und besorg dir für morgen etwas Make-up.«

Erika ließ sie stehen und nahm den Druck, der Sabrina zu ersticken drohte, mit. Sabrina atmete erst einmal tief durch, danach gleich noch einmal. Zählte bis zehn, dann bis zwanzig, schließlich bis dreißig. Sie sah die Touristen auf der anderen Seite des Boots Schlange stehen, um an Bord zu gehen, sobald sie eintraf. Ein kleines Mädchen in einem regenbogenfarbenen Kleid und mit einem Einhornhut sah sie durch das Geländer hindurch an. Sabrina musste sich zusammenreißen. Sie konnte nicht vor diesem kleinen Mädchen zusammenbrechen. *Konzentrier dich auf sie.*

Sie war okay.

Ihr würde sich der Magen nicht umdrehen.

Ihre Beine würden nicht nachgeben.

Einatmen.

Ausatmen.

Sie stieg die Stufen zu ihrem leeren Fahrzeug hoch und ließ den Geist unten.

Ihr Duck hieß Normandie, doch sie nannte es Norman. Die dunkelblauen, mit Vinyl bezogenen Sitze waren schmal und an manchen Stellen aufgerissen, obwohl sie ihr Bestes getan hatte, es mit dunkelblauem Klebeband zu kaschieren. Mehr ging mit Klebeband nicht. Auf jeden Sitz hatten gerade mal die beiden schlanken Soldaten gepasst, für die die Sitze entworfen worden waren; für die breiten Hintern des Mittleren Westens, die bald darauf Platz nehmen würden, waren sie viel zu schmal. Es war eng. Die einstündige Tour war nicht für ihre Bequemlichkeit oder ihren Erste-Klasse-Standard bekannt. Trotzdem war fast jede Tour an diesem Tag ausgebucht.

Sie setzte sich auf den Fahrersitz. Das Steuerrad war sehr viel größer als das eines Autos, und am Armaturenbrett gab es ein paar Schalthebel und Anzeigen, die ein normaler Wagen auch nicht hatte. Aus dem Boden kamen ein Schaltknüppel und ein Hebel, mit denen sich beim Wechsel zwischen Land und Wasser die Räder aus- und einfahren ließen.

Der Job war perfekt für sie. Das Fahren und Rezitieren der mit Wortspielen gespickten Rede erforderten so viel Konzentration, dass sie nicht dauernd an die ganzen Fremden denken konnte, die hinter ihr im Boot saßen, jedenfalls nicht vor dem Abend, wo sie auf ihrem Bett zusammenbrechen konnte.

Sie drehte den Zündschlüssel, und der Motor erwachte

zum Leben. Als sie das Fahrzeug an die Laderampe fuhr, wo Norman die erste Ladung Touristen dieses Tages aufnehmen sollte, einschließlich des kleinen Einhornmädchens, tauchte der neue Geist auf dem Klappsitz neben ihr auf. Das war nicht gut. »Hör zu, ich kann dir nicht helfen, aber wenn du nicht weißt, wo du hinsollst, bleib da sitzen, dann bringe ich dich später zu meiner Mutter.«

Während sie ihn nicht verstand, schien er zu verstehen, dass sie ihm helfen wollte. Er beruhigte sich und setzte sich oben auf den Klappsitz. Oder schien sich zu setzen, da er ja nicht wirklich da war. Wer, zum Teufel, wusste das schon?

Eine der anderen Angestellten, Joy, die sich um das Gästemanagement kümmerte, nickte Sabrina zu, um zu sehen, ob sie startklar war. Sabrina zog das Headset über ihren Hut und nickte zurück.

Gehen wir's an.

»Guten Morgen und herzlich willkommen bei den Real Dells Ducky Tours. Bitte nehmen Sie gleich Ihre Plätze ein, jeweils zwei Personen pro Sitz. Die Tour ist voll ausgebucht, jeder Platz ist belegt.« Die Passagiere zwängten sich auf die Sitze, das kleine Einhornmädchen saß direkt hinter dem Fahrersitz neben seinem Vater. Ein älterer Mann musterte Sabrina, und sie wappnete sich für den unvermeidbaren Kommentar.

»Sind Sie sicher, dass eine kleine Lady wie Sie das schafft? Lassen Sie es mich wissen, wenn Sie Hilfe brauchen.«

Haha.

Sabrina hatte vor langer Zeit gelernt, solche Kommentare zu ignorieren, als hätte sie sie nicht gehört. Es gab immer zumindest eine Person an Bord, vorhersagbar einen älteren Mann, der irgendeine Bemerkung zu einer Frau am Steuer machte. Die Kommentare kamen für gewöhnlich am Anfang oder am Ende der Tour, aber ein nerviger Typ hatte sie jedes Mal gemacht, wenn das Boot über eine Bodenwelle fuhr – was auf der Tour laufend passierte und gut spürbar war, da die Amphibienfahrzeuge nicht gut gefedert waren.

»Willkommen auf Norman. Er hat im Zweiten Weltkrieg gedient, und ein paar Einschusslöcher zeugen noch davon. Mit ihm wurden Vorräte von den Schiffen, die vor der französischen Küste lagen, an die Strände der Normandie gebracht. Anker los!« Sie ließ sich auf ihren Sitz gleiten, trat die Kupplung durch und ließ die Bremse los, während sie in den ersten Gang schaltete. »Norman ist neun Meter siebzig lang, zwei Meter siebzig hoch und siebeneinhalb Tonnen schwer. Er bringt es an Land auf achtzig Stundenkilometer und auf zwölf Knoten im Wasser. Gestern ist er jedoch mit achthundert Stundenkilometern diesen Berg hinuntergedonnert.« Sabrina sauste mit dem Duck einen steilen Berg hinunter, als ein Mix aus Stöhnen, Lachen und einem Schrei von dem Einhornmädchen ihr sagten, dass ihre Gäste zuhörten. »Und denken Sie daran, nach der Person neben Ihnen zu greifen, sollten Sie über Bord gehen. Für einen allein halte ich nicht.«

Sie fand sich in ihren Monolog ein, fuhr das Duck, als wäre das eine perfekt choreografierte Musical-Szene. Aphorismus rezitieren, Schalthebel bewegen, Witz machen, Gas geben, Berg hinuntersausen. Stampfen, kicken, drehen, gleiten, Jazz hands. Kicken, Ballwechsel, kicken, Ballwechsel.

Es war früh für ihr Gehirn abzuschweifen, aber es war ein harter Morgen gewesen. Wenn sie diesen inneren Nonsense-Monolog brauchte, um durch den Tag zu kommen, war das mehr als okay für sie. Überleben hieß für sie, der brutalen Realität mit so viel Leichtigkeit entgegenzutreten, wie sie aufbringen konnte.

Der weißhaarige Geist saß neben ihr und guckte panisch, als sie in den Wisconsin River eintauchten und sie den Hebel bediente, um die Räder einzufahren, bevor sie Gas gab.

»Ich fahre gerade die Räder ein. Wenn Sie über die Reling blicken, sehen Sie, wie sie verschwinden.« Sie machte eine Pause, um alle gucken zu lassen.

Nachdem sie den Tempomat eingestellt hatte, übernahm die Routine. Die Sandsteinklippen, die den Fluss säumten, wechselten ihre Farbe von Hellgrau zu Orangebraun, je nach ihrer Zusammensetzung. In jeder Ritze und jedem Spalt mit genug Erde, dass Wurzeln darin Fuß fassen konnten, wuchsen kleine ausgemergelte Bäume, Unkraut und hier und da ein paar hartnäckige Kiefern, als machte es sie verwegener, aus dem Fels herauszuwachsen, als ihre Brüder, die oben standen und an zerzauste Haare erinnerten. Die blättrigen Steinschichten, an denen Wasser, Wind und Wurzeln ihre Spuren hinterlassen hatten, glichen einem Croissant und sahen aus, als könnte man jede Lage einzeln abziehen und sich in den Mund stopfen. Die Fantasie assoziierte die Schönheiten der Natur gern mit bekannten Formen und Inhalten – wie mit einem riesigen Klavier oder einem aufmerksamen Falken.

Zum Ende der Tour hin kam der von ihr am wenigsten geliebte Teil. Die Erpressung. Doch gerade die verringerte spürbar ihre gewaltigen Schulden. Sie hielt mit Norman an einer ruhigen, abgelegenen Stelle und schaltete den Motor aus.

»Okay, Leute, wie ihr wisst, sind wir von den Real Dells Ducky Tours alle hart arbeitende Collegestudenten, die versuchen, keinen riesigen Schuldenberg anzuhäufen.«

Zu spät für sie.

»Das meiste unseres Einkommens kommt aus den großzügigen Trinkgeldern unserer Geiseln – ich meine natürlich, unserer Gäste. Ich werde jetzt das Glas herumgehen lassen, und wenn ich mit dem Ergebnis zufrieden bin, fahren wir zurück. Diejenigen von Ihnen, denen es nicht reicht, mir bei der Zurückzahlung meines Studiendarlehens geholfen zu haben, können für fünf Dollar einen Stapel historischer *Real Dells Ducky*-Postkarten und ein paar lustige Informationen zu den wunderschönen Ausblicken erwerben, die Sie heute genossen haben, einschließlich dieser sehr seltenen Postkarte von Norman und mir. Das hier ist der einzige Ort, an dem Sie dieses schöne Sammelobjekt erstehen können. Auf eBay bekommt man es nicht, ich habe es versucht. Ich meine, ich habe es überprüft.«

Meine Güte, war das unangenehm. Selbst dem neuen Geist schien es wohl zu viel geworden zu sein, denn er war verschwunden. Sabrina war ein bisschen neidisch auf ihn. In der Nähe parkten weitere Boote, deren Führer gerade die gleiche traurige Vorstellung hinlegten.

Das Glas machte die Runde und füllte sich vor allem mit Ein-Dollar-Noten, doch ein paar großzügige oder mitleidige Gäste taten auch Fünf-Dollar-Noten hinein. Jeder Cent zählte. Als das Glas wieder bei ihr war, stellte sie den Motor an und fuhr zurück zum Camp.

Sabrina würde das heute schon hinkriegen. Und morgen auch wieder. Sie würde den Sommer schaffen. Sie hatte noch fünf Touren an diesem Tag.

8

acht

Die Sonne schien. Das war das einzig Gute, das Sabrina über ihren Tag sagen konnte. Dank Erika und diesem herumwandernden alten Geist lagen ihre Nerven blank. Zumindest konnten ihre Mutter und Molly ihr bei einem der Probleme helfen.

Ihre Mutter werkelte in der Küche herum und bereitete den abendlichen Tee für sich und ihren Vater, Dough Monroe, zu, während Molly einen Finger auf die rot glühende Platte drückte.

»Hörst du bitte damit auf?«, sagte ihre Mutter. »Ich weiß, dass du das nicht spürst, aber es ist trotzdem schwer, es mit anzusehen.«

Molly lachte und zog ihre Hand zurück. »So wird es nicht langweilig«, entgegnete sie. »Hi, Sabrina.«

Sabrinas Mutter drehte sich zu ihr herum. »Hallo, Liebes. Möchtest du eine Tasse?«

»Ja, bitte.« Sabrina setzte sich an den Tisch und griff nach den Todesanzeigen. »Hat eine von euch beiden einen neuen Geist gesehen? Einen alten Mann mit weißem Haar?«

Ihre Mutter stellte den Tee vor sie hin, der beruhigende Kamillenduft entspannte ihre angespannten Gesichtsnerven. Sabrina holte noch einmal tief Luft. Das tat gut.

»Ich nicht. Du, Molly?«, antwortete ihre Mutter.

Molly schüttelte den Kopf und gesellte sich zu ihnen an den Tisch. »Hat er dir seinen Namen gesagt?«

Sabrina schüttelte den Kopf. »Er konnte nur Kauderwelsch von sich geben.«

Ihre Mutter rieb ihr den Rücken und sah zusammen mit ihr in die Todesanzeigen. »Die sind von heute; je nach dem, wann er gestorben ist, ist er noch nicht dabei. Es kann ein paar Tage dauern.«

Sabrina überflog die Seite und sah niemanden, der zu dem Mann passte, den sie gesehen hatte.

»Kauderwelsch, hast du gesagt.« Ihre Mutter nippte an ihrem Tee. »Dann muss er sehr krank gewesen sein.«

»Irgendwann wird er in der Lage sein zu sprechen«, meinte Molly. »Es kann einige Zeit dauern, bis man richtige Informationen aus ihm herausbekommt. Wir müssen einfach Geduld haben.«

»Was ist mit Mr. Garnham?«

Ihre Mutter runzelte die Stirn. »Nein, ihm geht es gut. Ich habe heute Morgen noch mit ihm gesprochen.«

Sabrina seufzte und hielt ihr Smartphone hoch. »Vielleicht weiß er ja was.«

»Natürlich. Ich rufe ihn an.«

Ihre Mutter griff nach ihrem eigenen Handy und rief an. Er war unter ihren Favoriten aufgelistet. Als Eigentümer des örtlichen Beerdigungsinstituts war Mr. Garnham einer der wenigen Menschen in der Stadt, die ihr Familiengeheimnis kannten – zwischen ihren Jobs gab es viele Berührungspunkte.

»Hi, Alfie. Wie geht es dir? … Mir geht es gut … ich sage Dough, dass er anrufen soll.«

Sabrina scrollte durch die Nachrichten auf ihrem Handy, während ihre Mutter Small Talk machte. Gespräche zogen sich in dieser Stadt immer in die Länge.

»Hör zu, Alfie, ich rufe aus einem ganz besonderen Grund an. Wir haben einen Neuen, und ich bin mir nicht sicher, wer er ist … Oh, nein … Das wäre großartig, wenn du ein Foto schicken könntest. Danke, Alfie.«

Bevor ihre Mutter das Smartphone weglegen konnte, piepte es; das Bild war eingegangen. Sie hielt es Sabrina hin.

Es war nahe dran. Wenn die Haare weißer wären und das Gesicht ausgemergelter. Sie blinzelte. Die blauen Augen waren die gleichen, ebenso wie das stark ausgeprägte Kinn. Das Foto gehörte zu seiner Todesanzeige, die noch nicht gedruckt war.

Harold James Jasper.

»Das ist er.«

Molly und ihre Mutter beugten sich über das Handy.

»Wie traurig«, sagte ihre Mutter. »Er ist sehr lange krank gewesen, das erklärt einiges. Ich frage mich, was er braucht.«

Molly fuhr sich mit der Hand zum Mund, und in ihren Augen standen Tränen. Die Gemeinde wusste zwar nichts über sie, doch sie kannte die meisten der Bewohner seit ihrer Kindheit, und Todesfälle nahmen sie immer sehr mit. Soweit Sabrina wusste, ging Molly zu den meisten Beerdigungen in der Stadt. Machte es sie traurig, dass sie nicht mehr da waren oder dass sie es schafften, an einen Ort zu gehen, den Molly nicht erreichen konnte? Sabrina konnte es nicht sagen.

»Ich muss auf die Beerdigung gehen. Dein Vater und ich haben ihn gekannt. Was für eine Persönlichkeit«, sagte ihre Mutter. »Einmal hat er in einem der Aquaparks eine Ziege freigelassen. Es war zwar nach Geschäftsschluss, aber das arme

Vieh hat überall seine Köttel hinterlassen und die ganzen Abfalleimer umgekippt.«

»Die arme Ziege.«

»Ich denke, die hatte einen Riesenspaß, zumindest hat sie so gefressen.« Ihre Mutter tätschelte ihre Hand. »Mach dir keine Gedanken, der Ziege ging es gut.«

Sabrina studierte das Foto. Da war etwas Vertrautes, das sie nicht näher definieren konnte. Sie schüttelte den Kopf. Irgendwann würde sie darauf kommen.

Im Moment wollte sie sich nur besser fühlen.

»In einer Stunde gibt es Abendessen – dein Vater grillt Burger. Sorg dafür, dass du ordentlich Hunger hast, für drei Leute hat er viel zu viel eingekauft.«

»Sie könnte doch Ray einladen«, sagte Molly.

»Ich werde niemanden einladen, selbst wenn das bedeutet, dass ich eine Woche lang Burger essen muss.«

Sabrina konnte sehen, dass die Sache für ihre Mutter und Molly noch nicht vom Tisch war. Sie musste hier weg, und sie wusste auch schon genau, wie sie diese Stunde nutzen und ihren Tag besser machen wollte – es funktionierte seit der Highschool. Sie holte zwei Fünf-Dollar-Scheine aus dem Trinkgeldglas in ihrem Zimmer, Karteikarten und einen Stift, dann machte sie sich auf in die Bibliothek.

*

Ray stapelte zwei weitere Kochbücher auf einem der Tische in der Stadtbibliothek. Er achtete darauf, sie im rechten Winkel hinzulegen, damit der Stapel nicht umkippte und die nachmittägliche Ruhe störte. Er hatte mehrere regionale Kochbücher entdeckt, die er nach realisierbaren Rezepten durchforsten wollte. An erster Stelle stand eine Bierkäsesuppe. Während er bereits über die verschiedenen Käsesorten nachdachte, mit denen er dabei experimentieren wollte, griff er nach seinem Stapel und machte sich auf den Weg zum Ausgang, sah jedoch das Bein nicht, das aus der N-bis-T-Reihe mit Belletristik herausragte. Instinktiv zog er den Fuß zurück, sobald er auf unebenen Grund trat, aber er hatte schon das Gleichgewicht verloren. Wenn er nicht auf das Bein treten und dessen Besitzer möglicherweise verletzen wollte, konnte er nur zur Seite ausweichen. Die Bücher flogen ihm aus den Händen und schlitterten über den Boden – ein literarisches Blutbad. Er landete mit dem ganzen Gewicht auf dem linken Ellenbogen – Schmerz schoss wie ein Blitz durch seinen Arm. Verdammt, er brauchte diesen Arm.

»Es tut mir so leid«, sagte eine ihm inzwischen bekannte Stimme.

Er schob seine Brille zurück an ihren Platz, sah zu der Frau hinüber, die zu ihm sprach, und lächelte. Sabrina. Sie kniete jetzt neben ihm.

»Hey«, sagte Ray, während er sich aufrichtete und seinen Arm bewegte, um das Ausmaß des Schadens zu überprüfen. Er konnte ihn bewegen, doch er tat weh, wenn er ihn ganz ausstreckte. Er würde schmerzempfindlich sein, aber nicht auf lange Sicht. Nun konnte er sich darauf konzentrieren, was wichtig war – Sabrina.

»Geht es Ihnen gut?«, fragte sie.

»Mir geht es gut, wenn ich etwas Eis darauflege.«

Das war ein Zeichen, das musste sie doch sehen! Drei zufällige Treffen bedeuteten selbst in dieser kleinen Stadt, dass sie etwas gemeinsam hatten. Das Universum wollte, dass sie sich näher kennenlernten.

Sie ging in die Hocke und vergrößerte den Abstand zwischen ihnen – also verstand sie die Botschaft nicht, das war eindeutig. Sie schob eine Karteikarte in ein Buch und stellte es zurück ins Regal. Er merkte sich den Titel, sagte aber nichts. Er konnte später herausfinden, ob sie irgendetwas vorhatte.

»Lassen sie mich Ihnen helfen«, sagte sie und hob ein paar Bücher auf, die ihm heruntergefallen waren. In der Gesäßtasche ihrer Jeans steckten weitere Karteikarten.

Sie sammelte die wenigen Bücher ein, die in seiner Nähe lagen, sorgfältig darauf bedacht, ihn nicht zu berühren, und überflog die Titel, als sie sie ihm in die Hand drückte.

»Ich probiere gern neue Rezepte aus. Ich versuche mich gerade an der Küche von Wisconsin.« Ray wollte sie in ein Gespräch verwickeln, mehr über sie erfahren und herausfinden, warum sie überall auftauchte, wo er gerade war.

»Mit der Küche von Wisconsin? Gibt es die überhaupt?«, fragte Sabrina.

Er lächelte. »Seien Sie doch mal ein bisschen stolz auf unseren Bundesstaat. Sie wissen schon – Kringel, Booyah, Fischgerichte, Cheese Curds. Haben Sie ein Lieblingsgericht?«

Sabrina holte erst einmal tief Luft, bevor sie antwortete. »Kringel … und alles mit Käse.« Ein leises Lächeln spielte um ihre Lippen.

»Dann fange ich damit an.« Ray lächelte und hoffte, sie würde sich etwas entspannen. »Kann ich als Testesserin auf Sie zählen? Ich brauche jemanden, der mir sagt, ob ich es richtig mache.«

»Wirklich?«

Sie schien nicht sicher. Sie fuhr sich mit den Händen über die Arme und warf einen Blick über ihre Schulter, als wollte sie sich versichern, dass der Rückzugsweg frei war. Er wollte nicht, dass sie sich in seiner Gegenwart unwohl fühlte.

»Danke, dass Sie mir geholfen haben, die Bücher aufzusammeln. Ich gehe dann mal besser zur Ausleihe. Man sieht sich.« Er zeigte auf die Ausleihtheke.

»Es tut mir wirklich leid, dass Sie über mein Bein gestolpert sind.«

»Es ist mir immer ein Vergnügen, Sie zu sehen, selbst wenn ich mir dabei ein paar Verletzungen zuziehe.«

Sie sah zu ihm hoch, ihre eigenen Verletzungen zierten ihre Augen. »Das scheint unser Ding zu sein.« Ihre Hände zitterten leicht, bevor sie sie in die Taschen steckte.

Er verunsicherte sie, aber nicht so sehr, dass sie keine Witze machen konnte. Eindeutig ein Fortschritt.

Sabrina sah ihre Chance gekommen, sie winkte und verschwand, ehe er noch etwas sagen konnte. Er wartete, bis sie wirklich fort war, dann legte er seine Bücher auf den Boden und streckte dabei noch einmal den Arm aus, um zu sehen, ob er doch ernsthaft verletzt war. Er griff nach dem Buch, das Sabrina in der Hand gehabt hatte, und öffnete es an der Stelle, wo die Karteikarte steckte.

Auf der Karteikarte stand eine anonyme Nachricht für den nächsten Leser, begleitet von einem Fünf-Dollar-Schein.

Eine Überraschung für jemanden
mit einem außergewöhnlichen Buchgeschmack.

Sabrina versteckte für andere Leser Überraschungen in Büchern. In Anbetracht ihrer nicht akzeptierten Kreditkarte bezweifelte er, dass sie das Geld übrig hatte, aber sie tat es trotzdem. Warum?

Ihre quirlige Art war so erfrischend im Vergleich zu den Frauen, mit denen seine Mutter ihn verkuppeln wollte. Seit er sie zum ersten Mal gesehen hatte, vollgekleckert mit Margarita, hatte die Anspannung in ihm nachgelassen. Er konnte atmen, so wie er das draußen auf der Veranda des Supper Club konnte. Und irgendwie faszinierte ihn jedes neue Detail, das er über Sabrina in Erfahrung brachte, nur noch mehr.

neun

Ich bin wieder da!«, rief Sabrina, als die Fliegengittertür hinter ihr zuschlug und sie die wenigen Stufen in die Küche hochstieg. Seit ihrem Zusammentreffen mit Ray in der Bibliothek hatte sie ein paar lange, aber ereignislose Tage auf der Arbeit hinter sich gebracht, ohne Ray oder seiner hinreißenden Brille und seinem ungezwungenen Lächeln noch einmal zufällig begegnet zu sein. Seufz. Nach der Nummer in der Bibliothek und dem peinlichen Vorfall im Walmart konnte sie ihm nie wieder unter die Augen treten. So weit, so gut.

Ihre Mutter trug ein ärmelloses Kleid in einem blau-weißen Vichymuster mit hochgestelltem Kragen und einen weißen Pullover um die Schultern und sah aus, als wollte sie den Abend Gin Rickeys trinkend im Country Club verbringen. Molly trug das gleiche Outfit nur in Hellrosa und Weiß, und ihre Konturen waren leicht verwischt. Die beiden saßen mit einer anderen Frau am Küchentisch. Die verschwommene dritte Frau war Mitte fünfzig, hatte unnatürlich rote Haare, die an den Wurzeln hellbraun und grau waren und nicht zu dem dünnen hellrosa Baumwollkleid passten, das an ein Krankenhaushemd erinnerte. Sie schwenkte die Arme beim Sprechen in der Luft, während ihre Mutter und Molly aufmerksam ihrer Geschichte lauschten. Sabrina hätte sich am liebsten auf ihr Bett fallen lassen, doch dazu würde es wohl nicht kommen.

Ihr Vater rührte am Ofen mit einem Holzlöffel in einem Topf, ohne den Teil des Gesprächs mitzubekommen, den er nicht hören konnte. Sabrina küsste ihn auf die Wange und warf einen Blick in den Kochtopf. Selbst gemachte Schokoladensauce. Sabrinas Lieblingsessen. Sie steckte den Finger hinein und leckte die Schokolade ab.

»Im Gefrierschrank ist Eis. Joghurteis, okay?«, sagte ihr Vater.

Sabrina verdrehte die Augen und gab ihm noch einen Kuss.

»Wer ist das?«, flüsterte Sabrina ihm zu. Sie plante, hoch in ihr Zimmer zu verschwinden, bevor ihre Mutter etwas dagegen einwenden konnte.

»Sei nicht unhöflich, Liebes«, sagte ihre Mutter. Zu spät. »Mrs. Smoot ist gerade gekommen und erzählt uns von ihrem Mann. Sie hat ihn im Verdacht, ihr untreu gewesen zu sein, und plant, ihn auf frischer Tat zu ertappen.«

Großartig. Ein paranoider Geist. Das kam immer gut.

»Ich gehe ins Bett.«

»Nein, du nimmst dir einen Stuhl und bist höflich zu unserem neuen Gast.«

Molly und Mrs. Smoot blickten auf, als die Monroe-Frauen miteinander debattierten, und folgten dem Wortwechsel. Ihre Mutter zog eine Braue hoch – nur die linke, doch sie hätte ihr genauso gut eine Pistole auf die Brust setzen können. Also zog Sabrina den letzten noch freien Stuhl vor und ließ sich darauf fallen. Molly lächelte sie mitfühlend an, dann wandte sie ihre Aufmerksamkeit wieder Mrs. Smoot zu.

»Was hast du gesagt?«, fragte Molly.

»Nun, ich weiß, dass der Mistkerl sich seit Jahren mit einer anderen trifft. Ich meine, ich habe mit Krebs im Krankenhaus gelegen, und er hatte nichts Besseres zu tun als fremdzugehen. Er hat sich hinausgeschlichen, wenn er gedacht hat, dass ich schlafe, und wenn er zurückgekommen ist, hat er nach billigem Parfüm gerochen. Zwar lag ich im Sterben, riechen konnte ich allerdings noch. Ich habe ihn nie in flagranti erwischen können, aber jetzt …« Sie zeigte auf sich.

»Manchmal dauert es eine Weile, bis man kontrollieren kann, was man trägt«, sagte Molly.

»Habe ich deshalb immer noch mein Krankenhaushemd an, während du aussiehst, als wärst du einem Modemagazin entsprungen?«

»Ich bin schon sehr viel länger da. Ich habe mehr Kontrolle über das ganze Tamtam.«

»Kann ich ihm eine herunterhauen? Ich würde ihm so gern eine verpassen, bevor ich gehe. Das wäre äußerst befriedigend.«

Molly runzelte die Stirn. »Etwas zu berühren ist schwierig. Es erfordert sehr viel Energie und Konzentration. In ein paar Jahren kannst du das vielleicht, aber selbst ich habe damit Schwierigkeiten. Wenn ich es tue, kann man mich eine Woche oder länger nicht sehen, deshalb tue ich es nur, wenn es absolut nötig ist. Du könntest ihn nicht einmal ins Gesicht stupsen.«

Mrs. Smoot blickte missmutig drein. »Wie kann ich dann sicher sein, dass er weiß, dass ich es weiß? Ihn meinen Schmerz fühlen lassen?«

»Mom kann das machen«, sagte Sabrina. Wenn sie schon hier sitzen musste, wollte sie auch etwas davon haben.

»Sabrina, ich werde niemanden schlagen«, stellte ihre Mutter klar.

Aber Mrs. Smoot schien die Idee zu gefallen. Sie nickte vor sich hin und stellte sich wahrscheinlich das schockierte Gesicht ihres Mannes vor, wenn eine fremde, ältere Frau ihm unerwartet eine Ohrfeige gab.

»Doch, das wirst du, wenn es das ist, was sie braucht, um zu gehen«, beharrte Sabrina.

Ihre Mutter sah sie mit zusammengekniffenen Augen an. Sie wusste, dass Sabrina recht hatte – ihre Mutter fühlte sich der Familienberufung verpflichtet und würde diesbezüglich vor nichts zurückschrecken. Sabrina hatte gesehen, wie ihre Mom im Park Hundescheiße in einer Papiertüte gesammelt, sie auf eine Veranda gestellt und angezündet hatte. Eine Ohrfeige war nichts dagegen. Es wäre es fast wert, ihr mit Mrs. Smoot zu folgen, damit sie es nicht verpasste. Fast. Erschöpfung übermannte sie und beraubte sie mit einem Schlag all ihrer Energie.

Sie konnte keine Sekunde länger an diesem Tisch sitzen. Manchmal war das so, und dann wurde ihr plötzlich alles zu viel. Mehrere gute Tage hintereinander konnten das bewirken – sie ließen sie glauben, alles unter Kontrolle zu haben. Sie konnte förmlich hören, wie ihr Verstand über ihre Naivität lachte. Sie stand auf, und ihre Mum sah sie wieder mit hochgezogener Braue an.

»Der Saft ist raus«, sagte Sabrina und schlurfte aus dem Zimmer. Das Gespräch ging weiter, als sie die Küche verließ, doch sie machte sich nicht die Mühe, länger zuzuhören.

Sie hatte ihre *Verlasse ungestraft das Gefängnis!*-Karte ausgespielt. »Saft« war ihr Codewort, wenn sie sich zurückziehen musste. Die Safttheorie beschrieb am besten, wie ein Tag sie jeder Energie berauben konnte. Jeder begann jeden Tag mit einer gewissen Menge an Saft, einige mit mehr, andere mit weniger. Jede Aktivität verbrauchte etwas von dem Saft, und wenn er aufgebraucht war, war die Energie für den Tag verbraucht. Bei Sabrina erforderte alles sehr viel Saft, und sie hatte ohnehin nicht viel davon. Sie hielt sich am Geländer fest, um nach oben zu kommen, und jede Stufe fühlte sich höher und steiler an als die vorherige. Als sie oben angekommen war, warf sie einen Blick zum Bad hin, das zu ihrer Rechten lag. Eine Dusche wäre wunderbar, doch möglicherweise reichte ihre Energie nicht, um fertig zu duschen. Sie sehnte sich nach Dunkelheit, Ruhe und Schweigen. In ihrem Zimmer zog sie die Verdunklungsvorhänge zu, schloss die Tür und ließ sich auf das Bett fallen. Sonnencreme und getrockneter Schweiß von einem Tag in der Sonne klebten noch auf ihrer Haut. Ein winziger Lichtstrahl sickerte durch die Vorhänge hindurch, gerade genug, um Molly zu sehen, als sie neben ihrem Bett erschien.

»Hey, du. Geht's dir gut?«

»Leider nicht.« Sie zog sich die Decke über den Kopf. »Ich muss meine Batterien aufladen, bevor morgen alles wieder von vorne losgeht.«

Molly nickte.

»Diese Mrs. Smoot ist voller Rache. Ich bin mir nicht sicher, ob eine Ohrfeige bei ihr ausreichend ist.«

Molly legte ihre Hand auf Sabrinas Arm. Es war seltsam, wie sie unter der Kälte die Wärme beinahe fühlen konnte, doch sie hatte vor langer Zeit beschlossen, dass ihr Verstand ihr einen Streich spielte.

»Ist sonst noch was passiert?«, fragte Molly.

Sabrina rollte sich auf die Seite. Woher wusste Molly das immer?

»Ich bin zufällig Ray wiederbegegnet. Das stresst mich total.«

Molly versuchte nicht einmal, ihr Lächeln zu verbergen.

»Es wird nicht passieren«, sagte Sabrina.

»Warum nicht? Er ist perfekt.«

»Das weißt du nicht. Er könnte Kindern die Süßigkeiten klauen und Hundewelpen treten.«

Molly verdrehte die Augen und ignorierte ihren Kommentar. »Hat er dich gesehen? Habt ihr miteinander gesprochen? Hat er mit dir geflirtet?«

»Viel schlimmer. Er ist vor ein paar Tagen in der Bücherei über mich gestolpert.« Sabrina erzählte ihr alles bis ins kleinste Detail. »Jedes Mal, wenn ich ihn sehe, passiert mir etwas Furchtbares. Wenn das so weitergeht, lösen sich das nächste Mal meine ganzen Klamotten in Luft auf.«

»Das kann man nur hoffen.«

»Molly!«

»Ich will damit bloß sagen, es ist verdammt lange her, seit du mit jemandem geschlafen hast. Es ist gesund.«

»Nicht für mich.«

Molly machte einen Schmollmund, doch Sabrina wollte ihr nicht die Gelegenheit zu einer Antwort geben.

Sie wollte nicht wieder an Charles erinnert werden und wie er sie gerade in dem Moment, in dem sie geglaubt hatte, ihm vertrauen zu können, für eine aufstrebende Umweltlobbyistin verlassen hatte. Die Woche darauf hatte sie ihren Job verloren und nach Hause zurückkehren müssen.

»Möchtest du etwas gucken?« Sabrinas Stimme klang kratzig, als wäre sie genauso angespannt wie der Rest ihres Körpers.

Molly nickte, wobei ihre Locken auf und ab wippten. »Du hast mir immer noch nicht das Video aus dem Aquapark gezeigt.«

Sie hätte es wissen müssen, dass Molly das nicht vergessen würde.

Sie setzte sich neben Molly, deckte ihre Beine mit der violetten Bettdecke zu, die sie schon seit der Highschool hatte, und zog ihren Laptop näher heran. Wie sie vorausgesagt hatte, war das Video mit der Prügelei online. Mehrmals sogar. Sie drückte auf Play. Als es begann, betrat ihr Vater das Zimmer und gab ihr eine Schale mit Eis, das in Schokoladensauce ertrank, küsste sie auf den Scheitel und ging wieder. Wie musste es sein, in einem Haus zu leben, in dem die Hälfte dessen, was vor sich ging, unsichtbar war? Er war schon ein besonderer Mann.

Sie machte sich über das bereits schmelzende Eis her und schob sich einen tropfenden Löffel in den Mund. Heiß und kalt vermischten sich auf ihrer Zunge, Schokolade und Vanille, süß und ein Hauch bitter von der dunklen Schokolade. Was für eine raffinierte Geschmacksexplosion!

Ein Werbespot lief, und Molly sah mit dem gleichen Interesse zu, mit dem sie sich jedes Video ansah, gefangen von den Bildern auf dem kleinen Display. Sabrina ließ einen weiteren Löffel Eis auf ihrer Zunge zergehen und sah sich im Zimmer um. Es sah noch genau so aus wie vor elf Jahren, als sie ausgezogen war, selbst das verblasste Poster von zwei Händen, die einen Apfel umfassten, das jetzt eher rosa und grau statt strahlend rot und schwarz war, gab es noch. Daneben hing ein Poster von Hogwarts am Abend, mit funkelnden Lichtern. Sie hatte immer davon fantasiert, dass sie dorthin gehen könnte – wo es sie nicht zu einer Ausgestoßenen machte, Geister zu sehen, und wo sie wie alle anderen war. Leider war sie nicht so besonders, und durch ihren Schornstein waren noch nie Eulen geflogen.

In den Ferien war sie zwar immer nach Hause gekommen, aber nie lange genug geblieben, um die Deko zu ändern, und ihre Eltern hatten wohl nicht die Aufgabe übernehmen wollen, ihre Sachen auszumisten.

»Es geht los«, sagte Molly und zeigte auf das Display. Da war der Aquapark. Eine Frau in einem ausgeleierten Badeanzug zog einen Stuhl von einem Tisch weg, dann sah Sabrina ihren eigenen Kopf. Es ging alles so schnell. Die Margarita traf ihr Gesicht, dann näherte sich Ray.

»Das ist eure erste Begegnung!« Molly verschränkte die Hände unter dem Kinn.

Er sah gut aus, selbst auf diesen verwackelten Bildern, in diesem Bruchteil einer Sekunde, bevor sie ihm zurief, in Deckung zu gehen. Dann verschwanden sie unter ihren jeweiligen Tischen, Tassen und Flaschen flogen durch die Luft, und Leute liefen vor der Kamera her, wichen dem Gerangel aus oder wurden involviert. Da waren nicht gerade die charmantesten Vertreter der Menschheit zu sehen. Was für ein Chaos wegen ein paar Plastikstühlen!

Das Video endete, als der Sicherheitsdienst eintraf.

Sabrina schloss das Bildschirmfenster.

»So ein süßer Hintern. Du musst ihn unbedingt wiedersehen«, sagte Molly.

»Auf keinen Fall.«

Vor ein paar Jahren und in einer anderen Stadt wäre die Antwort ein schnelles Ja gewesen. Sie hatte ihren Seelenverwandten finden wollen, der sie zum Flughafen fahren konnte und der sie mit einem Kaffee zur richtigen Zeit überraschte. Aber das wollte sie nicht mehr und definitiv nicht hier. Genau wie Bustiers und Bloody Marys waren Affären nichts für sie. In ein paar Monaten würde sie ohnehin weg sein. Aus dieser ersten Begegnung würde nicht mehr werden, und das war am besten für alle Beteiligten.

»Lass dich zu diesem Drink einladen. Er hat dich jetzt zweimal gefragt.«

»Lieber stolziere ich nackt die Main Street hinunter.«

»Das habe ich einmal gemacht.« Mollys Augen funkelten.

»Das zählt nicht, wenn niemand dich sehen kann.«

»Es ist trotzdem ein Nervenkitzel.« Molly zwinkerte ihr zu. »Sich zu verabreden kommt immer als Nächstes. Ihr habt euch kennengelernt, ihr seid euch zufällig über den Weg gelaufen, und jetzt ist es Zeit, sich einzugestehen, dass da etwas ist. So funktioniert das.«

»Das Leben ist kein Film.«

»Sollte es aber sein.« Molly verschränkte mit einem Laut ihrer Missbilligung die Arme vor der Brust.

Sabrina kratzte die Schokoladensauce aus der Schüssel und leckte den Löffel ab.

»Können wir uns einen Film ansehen?«, platzte Molly in Sabrinas Essensträumerei.

Sabrina nickte. Sie schaltete den Fernseher ein, scrollte durch die verschiedenen Streamingdienste und wartete darauf, dass Molly etwas gefiel. So machten sie es immer. Sabrina scrollte, und Molly sagte ihr, wann sie anhalten sollte, zum Beispiel bei einem seltsamen Film, der zwei Stunden seichtes, romantisches Vergnügen versprach.

»Guck mal, der sieht gut aus.«

»*Crazy Rich Asians*? Hast du den gesehen?«

Molly schüttelte den Kopf. »Mir ist nach etwas Neuem. Geht es darin nicht um ein ganz normales Mädchen, das sich in einen reichen Mann verliebt, was dessen Familie überhaupt nicht gefällt?«

»Ja.«

»Ich würde gern eine Version davon sehen, wo es funktioniert.«

Sabrina kannte nur Bruchstücke aus Mollys Vergangenheit. Sie wusste, dass Molly mit einem Mann aus der Stadt verlobt gewesen war, der aus einer wohlhabenden Familie kam, und dass diese Familie sie nicht akzeptiert hatte, was absurd war. Ihr Verlobter war verschwunden, und Molly war krank geworden und kurz darauf gestorben. Seitdem gehörte sie zu ihrer Familie. Alles, was Molly wollte, war, ihn wiederzusehen, doch ihrer Mutter zufolge war er vor Jahrzehnten gestorben, sodass Molly im Hier und Jetzt gefangen war. Sabrina hatte nie nach weiteren Einzelheiten gefragt, denn das wäre ihr unhöflich vorgekommen. Ihre Mutter hatte ihr erzählt, dass ihre Urgroßmutter und ihre Großmutter jahrelang versucht hatten, Molly dabei zu helfen, gehen zu können, aber sie hatten es aufgegeben.

Als der Film begann, strahlten Mollys Augen. Es machte sie glücklich, eine Geschichte zu sehen, die davon handelte, wie wundervoll die Liebe war. Sie wurde dessen nie müde. Sie langweilte sich nie angesichts des vorhersehbaren Endes. Sabrina wünschte sich, dass man die Welt wirklich mit etwas mehr Liebe besser machen könnte.

Mit dem noch offenen Laptop auf ihrem Schoß scrollte sie zu den immer mehr werdenden Kommentaren zu dem Aquapark-Video herunter, das bereits Tausende angeklickt hatten. Bei einem hielt sie inne. Es war eine aus dem Video erstellte GIF-Datei – eine herangezoomte Aufnahme, wie ihr Kopf bei dem Zusammenprall mit der Margarita zurückzuckte. Sie lief in Dauerschleife, und jedes Mal pochte ihr Gesicht bei der Erinnerung an den Schmerz. Wer hätte gedacht, dass das Leben eines Menschen in einem Zwei-Sekunden-Clip digital dargestellt werden könnte? Ein Wurf gegen den Kopf nach dem anderen, sodass alle Welt es sehen konnte. Sie schloss das Fenster.

Sie hatte zehn neue E-Mails. Neun waren Schrott und die zehnte eine Mahnung wegen der fälligen Rate für ihr Studiendarlehen. Angesichts der Höhe des Betrags zog sich ihr Magen zusammen. Seit sie wieder zu Hause wohnte, war das der Normalzustand. Der einzige Unterschied lag in der Stärke der Krämpfe. Und der Betrag würde noch dreißig Jahre lang fällig werden. Dreißig lange Jahre, in denen die Rückzahlungen für einen Abschluss in Journalismus, mit dem sie nichts anfangen konnte, ihr Magenschmerzen bereiteten. Wenn sie ehrlich zu sich selbst war, was sie zu vermeiden suchte, war das Ganze keine gute Idee gewesen. In einer Branche, in der so viel davon abhing, mit Leuten zu reden, hatte sie nichts verloren. Selbst fern von den Dells und ohne die zusätzliche Komplikation, dass sie Besuch von Geistern bekam, wurde sie kein anderer Mensch. Sie war die, die sie war. Kein Wunder, dass man sie in fünf Jobs gefeuert hatte.

Sie vermisste das Schreiben.

Sie öffnete auf ihrem Computer ein leeres Dokument und ließ die Hände über der Tastatur schweben. Sie wollte über etwas schreiben, wusste aber nicht, wo sie beginnen sollte. Was zählte in der Welt? Sie hatte nichts zu sagen, aber den Wunsch, etwas zu sagen. Sie streckte die Hand nach dem kleinen Notizbuch aus, das auf ihrem Nachttisch lag, in dem sie Ideen für Geschichten sammelte. Zwischen den Seiten steckte ein Post-it mit der Telefonnummer der Therapeutin, die ihre Mutter neulich erwähnt hatte. Wenn sie zu Hause in D.C. wäre, würde sie ihre dortige Therapeutin anrufen, eine Extrastunde buchen und sich alles von der Seele reden.

Hier konnte sie nicht zu einer Therapeutin gehen. Damit würde sie eine weitere Beziehung eingehen, die sie an diesen Ort band. Eine, die sie nicht bezahlen konnte, da sie das Geld nicht hatte. Eine neue Therapeutin aufzusuchen hatte etwas Dauerhaftes, wie Wurzeln zu schlagen. Sie wollte hier keine Wurzeln schlagen, denn es wäre zu schwierig gewesen, sie wieder zu kappen. Machte man das zu oft, konnte eine Pflanze sterben.

Sie klappte den Laptop zu und lehnte sich zurück in die Kissen und tauchte in den Film ab, in dem die Leute Geld hatten und die Liebe am Ende siegte.

10

zehn

Ein Spritzer heißes Fett versengte Rays Arm. Mit dem anderen Arm hielt er sein Handy ans Ohr.

»Verdammt«, sagte er, während er zur Spüle eilte, um ihn unter kaltes Wasser zu halten. Der Schmerz ließ nach, als das Wasser das heiße Öl abwusch und die schmerzende Haut kühlte. Er hätte es besser wissen müssen und die Cheese Curds nicht mit einer Hand frittieren sollen.

»Wie bitte?«, sagte eine Stimme am anderen Ende der Leitung.

Verdammt. Endlich hatte er den besten Schweinefleischlieferanten des Staates am Telefon. Nach fünfzehn unerwiderten Anrufen war er nahe daran gewesen aufzugeben, doch jetzt rief Steve, der Lieferant, zurück.

»Entschuldigung. Ich habe mir nur gerade den Arm verbrannt.«

»Wenn Sie zu beschäftigt sind …«

»Nein, nein, es passt großartig.« Das Timing war perfekt. Der *Otter Club* hatte montags geschlossen, um nach dem hektischen Wochenende allen eine Pause zu gönnen. Außerdem war es sein Tag, um in der Küche zu experimentieren, ohne seine Mitarbeiter zu nerven, was also hieß, dass niemand Zeuge seiner Dusseligkeit wurde. Sie zogen ihn bereits genug mit seinen amateurhaften Versuchen zu kochen auf. Sie mussten wirklich nicht mitbekommen, wenn er sich verbrannte. »Ich habe gehofft, Sie zu erreichen, damit ich ein paar Schweine bei Ihnen bestellen kann. Mein Koch sagt, dass Sie der Beste sind.«

Na bitte, Schmeicheleien sollten das Gespräch doch wieder auf Kurs bringen. Wer mochte schon keine Komplimente?

Durch die Küche, die so groß war, dass sie zwei Spülbereiche, jedes Gerät, das ein Koch sich nur wünschen konnte, und blitzende Reihen mit Regalen und Arbeitsflächen aus Edelstahl – die an einem hektischen Samstagabend alle genutzt wurden – hatte, sah er das Öl blubbern wie das Wasser in einem Whirlpool im Holiday Inn.

Verdammt. Er hatte die Cheese Curds vergessen.

Zumindest hatte er diesmal nicht laut geflucht.

Er eilte zu der Fritteuse, in der die verkohlten Reste seines letzten Frittierversuchs wie traurige leere Wasserflaschen schwammen und gegen die Seiten stießen, da kein Gewicht sie nach unten zog. Er hob den Korb heraus und warf die Reste in den Müll; der heiße Abfall brannte ein Loch in die schwarze Plastiktüte für Industriemüll und fiel in den Eimer durch. Jetzt musste er den Müll hinausbringen, den Kanister sauber machen und die Schutzfolie ersetzen. Er konnte das Chaos – oder den Beweis seiner Unfähigkeit – nicht seinen Leuten überlassen. Er würde das später machen, nachdem er Steve überredet hatte, ihm ein paar Schweine zu verkaufen.

»Äh … wir sind ausverkauft.«

Der Microgreen-Typ, den er angerufen hatte, und der Farmer, der Rinder im Wagyu-Stil züchtete, hatten ihm das Gleiche gesagt. Wenn er endlich jemanden erreichte, waren sie für Monate, vielleicht sogar für Jahre ausverkauft. Er brauchte für die Abschiedsgala das Beste vom Besten, damit sie auf jeden Fall noch besser wurde als in den Vorjahren.

»Steve, was kann ich tun, damit Sie Ja sagen? Haben Sie noch Schweinefleisch, das Sie nicht verkaufen konnten? Wie wär's mit einem Aufpreis, um auf der Warteliste nach oben zu rücken? Geld spielt keine Rolle.«

Sein Magen verkrampfte sich, als er das sagte. Er würde an seine Altersvorsorge gehen, wenn nötig.

»Ich sehe, was ich tun kann, und rufe Sie zurück. Sagen Sie Rick, dass ich angerufen habe und dass er mir etwas schuldet.«

Halleluja! Zumindest etwas lief richtig.

»Danke, dass Sie sich Zeit genommen haben, Steve.«

Ray legte das Handy mit einem Lächeln zur Seite und sah sich in der Küche um. Nun konnte er sich auch gleich um das Abfallchaos kümmern.

Als er vom Müllcontainer zurückkam, wusch er sich die Hände, stellte sich vor die Arbeitsfläche und nahm in Augenschein, was er zurechtgestellt hatte. Er hatte Cheese Curds, die Raumtemperatur hatten; sie kamen frisch aus dem Laden und waren noch quietschig, wenn er hineinbiss, und das tat er jetzt – er ließ sich Zeit und überlegte, was als Nächstes zu tun war. Er hatte Käsebruchstücke, Mehl und Bierteig – eine einfache Mischung aus einem Spezialbier, Mehl, Salz, Pfeffer und einer Prise Cayenne – in einer Reihe aufgestellt, jeweils in einem eigenen Behälter. Nach seinem ersten fehlgeschlagenen Versuch war alles voller Mehl und Teigtröpfchen. Schnell wischte er das Schlimmste ab und wandte sich wieder seinem Projekt zu. Die erste Ladung war offensichtlich misslungen, weil er sie zu lange frittiert hatte. Er durfte sich nicht ablenken lassen. *Diesmal keine Telefonate. Auf das Ziel fokussieren.*

Er nahm fünf Käsebruchstücke, wälzte sie in Mehl, schüttelte den Rest ab und tauchte sie in den Bierteig. Mit einem Drahtsieb holte er sie heraus, sodass der restliche Teig abtropfen konnte, bevor er sie zu der Fritteuse trug, wobei er eine Tropfspur auf dem Boden hinterließ. Er ließ die von Teig umhüllten Käsebruchstücke aus dem Sieb in den wartenden Frittierkorb rollen, den er anschließend in das zischende, spritzende Öl tauchte. Die Käsebruchstücke drehten sich im Öl und nahmen eine braune Farbe an. In dem Moment, in dem das erste Stück Käse an der Seite herausguckte, hob er den Korb aus dem Öl und ließ das Öl kurz abtropfen, ehe er die Nuggets auf einen Teller mit Küchenpapier gab.

Er griff nach dem ersten und zog es auseinander, der Käse spannte sich zwischen seinen Fingern wie eine Hängebrücke. Gut. Das war die Konsistenz, die er wollte. Er hatte befürchtet, dass die raumtemperierten Käsebruchstücke aus dem Teig platzen könnten, bevor sie golden waren, doch sie waren intakt geblieben. Er wickelte den zähen Käse um die eine Hälfte, schob sich alles in den Mund und kaute, während er die Augen schloss, um sich ganz auf den Geschmack zu konzentrieren. Der Teig war kross wie bei Tempura, schmeckte aber nach nicht viel mehr als nach Bier – was in Ordnung, jedoch nicht das gewünschte Resultat war. Er gab dem Ganzen eine malzige Bitterkeit, die nicht so richtig mit dem Käse harmonierte. Alle sollten die Käsebruchstücke mögen, nicht nur Biertrinker. Und sie waren nicht so knusprig, wie er sich das vorgestellt hatte. Sie waren zu weich, was bedeutete, dass ein Teig vielleicht doch nicht der richtige Weg war. Vielleicht war Paniermehl besser und gab ihnen die Konsistenz, die er sich wünschte. Aber der Käse – der Käse war perfekt. Perfekt geschmolzen und zähflüssig, ohne die Quietschigkeit ganz verloren zu haben, die frische Cheese Curds so besonders machte. Es dürfte nicht schwer sein, die Zutaten von einer Molkerei vor Ort zu beziehen oder sogar aus den Lebensmittelläden. Exzellenter Käse war in Wisconsin einfacher zu bekommen als ein Bagel in New York.

Er aß noch eins. Der Käse selbst war salzig. Was passte dazu? Etwas mit einer leichten Süße? Wie ein Weizen- oder Graham-Cracker? Er würde für seinen nächsten Versuch zerstoßene Graham-Cracker mit Paniermehl mischen.

Er hielt seine Ideen und was ihm gefallen hatte in einem kleinen, angeschmutzten Notizbuch fest, das auf der Edelstahlplatte lag, dann tauchte er die restlichen Käsebruchstücke in den Teig und frittierte sie. Sie waren nicht perfekt, aber es war zumindest frittierter Käse.

»Ray? Bist du da?«, rief seine Schwester aus dem Hauptesszimmer.

Er griff nach dem Teller mit den frisch aus der Fritteuse kommenden Leckereien und ging durch die Schwingtür zu ihr; die Hitze der Cheese Curds drang durch das Porzellan. Lucy stand hinter der Bar und goss sich gerade einen Scotch ein.

»Das ist nur eine kleine Alkoholauswahl, die du hier hast.«

Sie nahm einen großen Schluck und schloss beim Schlucken die Augen, als würde sie kaltes Wasser trinken. Als sie sie wieder öffnete, studierte sie Rays Erscheinung, registrierte die mit Mehl beschmierte schwarze Hose und die Fettspritzer auf seinem weißen Hemd.

»So kannst du nicht gehen«, sagte Lucy.

Ray inspizierte mit gerunzelter Stirn seine Kleidung, während er den Teller mit den Cheese Curds auf die Bar stellte.

»Die Beerdigung?«, meinte Lucy. »Hast du die vergessen? Weil du zu beschäftigt mit deinem neuesten Experiment warst?«

Sie griff nach einem Käsebruchstück und steckte es sich in den Mund. »Was ist das?«

»Cheese Curds in Bierteig. Sie sind noch nicht perfekt.« Ray knöpfte sein weißes Hemd auf, zog es aus und wischte an den weißen Flecken an seinen Beinen herum, wobei er das Schlimmste entfernte.

Lucy nahm noch einen Schluck und verdrehte die Augen.

»Und ich habe es nicht vergessen – ich habe nur die Zeit vergessen.«

»Du bist ein Chaot.« Sie nahm noch einen Schluck Scotch und aß noch ein Cheese Curd. »Die sind gut.«

Ray lächelte. Lucy war sparsam mit Komplimenten, besonders bei allem, was mit Wisconsin zu tun hatte, doch sie war für seine kulinarischen Heldentaten am empfänglichsten.

»Mom wird dir das Fell über die Ohren ziehen, wenn du in einem T-Shirt auftauchst«, sagte Lucy.

»Ich habe noch ein Ersatzhemd im Büro.«

»Ich wette, du hast mindestens zwei ganze Anzüge dort.« Lucy stellte ihren Drink auf die Arbeitsfläche und nahm sich noch zwei Cheese Curds.

Ray zuckte die Schultern. »Eine alte Gewohnheit von mir. Heute zahlt sich das aus.«

Er griff nach ihrem Glas und nippte daran. Der Scotch war großartig. Über zwanzig Jahre alt und weich – oder so weich, wie ein Whiskey sein konnte. Er zuckte zusammen, als er in seiner Kehle brannte.

»Bist du nichts mehr gewohnt?«

»Ich bin eher ein Old-Fashioned-Trinker.«

»Stimmt, du verdünnst ihn zu einem Kindergetränk.«

Ray lächelte. »Was ist falsch daran? Old Fashioneds sind ein wenig süß und ein wenig bitter, mit einer Kirsche obendrauf.

Das Leben in einem Cocktail. Ich werde nach dem Gottesdienst ein paar machen. Onkel Harry hätte bestimmt erwartet, dass ich das tue.«

Lucy runzelte die Stirn und ließ den letzten Tropfen Scotch um das Eis in ihrem Glas kreisen. »Du wirst mich nicht überzeugen, auch zu bleiben, aber ich bin froh, dass es dir hier gefällt. Du machst einen zufriedenen Eindruck.«

Ray sah sie an, er fühlte sich ausgesprochen unglücklich. Das Experimentieren in der Küche war eine dringend nötige Ablenkung gewesen. Onkel Harry war erst seit wenigen Tagen tot, doch die Lücke, die er hinterlassen hatte, war real und von Dauer. Lucy konnte seine Gedanken lesen. Sie sah immer, was die Leute dachten, vor allem, was er dachte.

»Ich weiß, dass du im Moment nicht glücklich bist, aber das warst du einmal, und das wirst du wieder sein. Und vielleicht gibt es da ja auch eine brünette Frau, die dir dabei hilft?«

Ray war nicht bereit, sein Interesse an Sabrina mit Lucy zu diskutieren.

Sie ließ das Thema fallen. »So viel ich dich auch aufziehe, Wisconsin scheint dir zu bekommen.«

»Wisconsin tut allen gut.« Ray lachte.

Lucy stupste mit ihrer Schulter gegen seine. »Wirst du das Haus behalten?«

»Trennen sich die Jaspers jemals von einer Immobilie?« Er seufzte. »Vorausgesetzt, Mom und Dad lassen mich.« Er begegnete ihrem Blick, und sie verstand – die Manipulationsmethoden ihrer Eltern variierten nicht sehr. »Sie benutzen den *Otter Club* als Druckmittel. Ich kann weder ihn noch das Haus aufgeben. Beides ist mit so viel Geschichte verbunden. Auf dem Dachboden sind Kisten, die seit Jahrzehnten nicht geöffnet worden sind. Das alles macht unsere Familie aus. In diesen Kisten sind Antworten.«

»Worauf?«

Ray hatte niemandem davon erzählt, was er in New York herausgefunden hatte. Er war nicht nur nach Wisconsin Dells gekommen, um Onkel Harry zu helfen, und jetzt musste er sich dringend wieder auf sein Vorhaben konzentrieren für den Fall, dass seine Zeit hier auslief.

»Das weiß ich noch nicht.«

Lucy kniff die Augen zusammen. Sie wusste, dass er ihr nicht alles erzählte, doch sie würde sich damit zufriedengeben müssen. »Gut. Behalt es für dich. Irgendwann erzählst du mir dann alles.«

Lucy hatte recht. Er konnte nie etwas vor ihr geheim halten, aber er war noch nicht bereit, dieses Geheimnis mit ihr zu teilen, nicht, bis er ein paar echte Antworten bekommen hatte. Da seine Eltern sein Restaurant als Druckmittel benutzten, musste er zuerst das retten.

elf

Sabrina hatte schon ewig keinen Fuß mehr in den *Otter Club* gesetzt. Seit dreizehn Jahren. Seit dem Abend der Abschiedsgala – mit der die Stadt das Ende des Sommers feierte –, demselben Abend, an dem sie sich geschworen hatte, Wisconsin Dells und ihrem Familiengeheimnis den Rücken zu kehren und nur noch für kurze Besuche zurückzukommen.

Mensch, hatte sie es vermasselt!

In ihrer Jugend war der *Otter Club* als River Lodge bekannt gewesen. Als sie und ihre Eltern das Blockhaus-Restaurant mit den von Holzbalken gestützten Gewölbedecken betraten, war klar, dass sich lediglich der Name geändert hatte. Noch immer nahmen präparierte Tiere jeden freien Raum an der Wand ein, und über der Bar hing ein großes Holzkanu, an dem Weingläser wie Stalaktiten hingen. Das Holz leuchtete wie ein gemütlicher Kamin an einem kalten Winterabend.

Ihr Vater bahnte sich einen Weg zu der überfüllten Bar, während ihre Mutter ihren Namen auf der Warteliste eintrug. Sabrina studierte die Tiere in ihrer Nähe, um einen beschäftigten Eindruck zu machen, während sie allein in dem vollen Wartebereich stand, die Augen niedergeschlagen, um niemanden direkt ansehen zu müssen, vor allem niemanden, den sie vielleicht kannte. Ihre Hand war schon auf dem Weg zu ihrer Hosentasche, in der ihr Smartphone steckte, als etwas an den Tieren ihre Aufmerksamkeit erregte.

Sie hatte sich geirrt. Es hatte sich mehr als nur der Name geändert.

Viele der Tiere waren mit neuen Accessoires ausgestattet worden. Das ausgestopfte Eichhörnchen hatte ein kleines Nutella-Glas bekommen. Ein Biber trug eine filigrane Brille mit einem Drahtgestell und hatte ein Exemplar von *Die Brücke am Kwai* unter seinem pelzigen Arm. Drei Mäuse spielten Poker, von denen die eine ein Ass hinter ihrem Ohr versteckt hatte. Sie lächelte über die neuen Skurrilitäten – sie passten perfekt zu der Supper-Club-Atmosphäre, weil sie den Gästen an einem langen Abend mit Cocktails, Geselligkeit und Abendessen viel zum Entdecken boten.

Alles in allem war das ein guter Supper Club. Von dem schönen Restaurant aus blickte man auf einen großen Teil der Flussstrecke, die sie mit ihren Bootstouren abdeckte, und die Gäste saßen in einer entspannten Atmosphäre, in der es einem nichts ausmachte, ein paar Stunden auf einen Tisch zu warten. Eine große Anzahl an Campingtischen und Adirondack-Stühlen luden die Gäste ein, draußen zu warten, wo einem die Wartezeit kürzer erschien.

Ihre Eltern entdeckten Sabrina gleichzeitig, ihre Mutter mit einem Buzzer in der Hand, der ihnen sagen würde, wenn ihr Tisch fertig war, ihr Vater mit drei Brandy Old Fashioneds. Am Rand ihres Glases steckte eine Orangenscheibe, die von einem Zahnstocher mit einer dunkelroten Kirsche durchbohrt war. Sie steckte sich die Kirsche in den Mund und kaute. Es war eine gute Kirsche, nicht so eine, die nach Plastik schmeckte. Diese hier explodierte auf ihrer Zunge in einer süßen Geschmacksbombe und hatte einen alkoholischen Hauch, der ihr verriet, dass sie in Brandy eingelegt gewesen war.

»Wo wollen wir hin?«, fragte ihre Mutter.

»Auf der Veranda gibt es Schaukelstühle«, entgegnete ihr Vater. »Wir könnten so tun, als wären wir alt.«

»Ihr seid alt«, sagte Sabrina.

Er führte sie drei zu den versprochenen Stühlen. Sie mochte ihre Eltern, und unter anderen Umständen hätte sie gern für immer in ihrer Nähe gelebt und sich mit ihnen zum Abendessen getroffen. Es stimmte sie traurig, dass das auch in Zukunft nicht möglich sein würde. Ihre Eltern machten es sich in einem Zweierschaukelstuhl bequem und hielten sich an den Händen. Sie waren furchtbar süß. Albern und ein bisschen exzentrisch, aber süß.

Es hatte eine Zeit gegeben, da hatte sie gehofft, so etwas auch einmal zu haben, doch mit ihrer Unfähigkeit, mit irgendjemandem eine normale Beziehung zu haben, erschien ihr das unwahrscheinlich. Sie stand am Geländer, das viele Geschäftsjahre und eine dicke Lage frischer Farbe glatt gemacht hatten, und trank ihren Old Fashioned. Eine ausgewogene Kreation aus süß und leicht, mit Noten von Orange und dem typischen Kräuteraroma von Bitterlikören, abgerundet durch das subtile Brennen des Brandys. Er schmeckte wie Wisconsin. Er schmeckte wie zu Hause. Sie hatte in D.C. versucht, so einen Brandy Old Fashioned zu bestellen, aber ihn nicht bekommen. Nirgendwo anders gelangen sie wirklich richtig – und die *Otter Club*-Version war ein perfekt gemixter Klassiker.

*

Das Abendessen brauchte seine Zeit, denn ihre Eltern plauderten mit der Hälfte der Leute im Raum. Irgendwann stand ihr Vater sogar auf und machte die Runde wie ein Filmproduzent, der mit allen reden musste. Nur dass er keine Verträge machte, er verkaufte Versicherungen. Ihre Mutter als ehemalige Krankenschwester und ihr Vater kannten jeden, und dank ihrer Mutter funktionierte ihr gesellschaftliches Leben trotz der peinlichen Momente, wenn sie den kürzlich Verstorbenen half, gut.

»Ich gehe an die Bar«, sagte Sabrina und warf sich ihren Rucksack über die Schulter.

Ihre Mutter nickte. »Lass alles, was du trinkst, auf unseren Deckel schreiben.«

Natürlich, so musste sie kein Geld für etwas so Frivoles wie einen Digestif ausgeben.

An der hufeisenförmigen Bar fand sie einen leeren Stuhl, der in einem so seltsamen Winkel neben der Kasse stand, dass der, der darauf saß, quasi nur mit dem Barkeeper reden konnte. Perfekt für sie. Sie ließ sich daraufgleiten und griff nach der Getränkekarte. Nach dieser Woche hatte sie Lust auf etwas Albernes und Dekadentes – einen Pink Squirrel, Mandel- und Kakaolikör mit Eiscreme gemixt.

»Sabrina?«

Hinter der Bar und direkt vor ihr stand Ray aus dem Aquapark. Mist. Sie hatte vergessen, dass er hier sein könnte. Zu welcher neuen Katastrophe würde es heute Abend kommen?

Vielleicht hatte ein kleiner Teil von ihr auch gehofft, ihn heute Abend hier zu treffen. Derselbe tollkühne kleine Teil, der gedacht hatte, dass ihr braunes Haar blond werden würde, wenn sie es mit Zitronensaft tränkte, oder der es nach dem Konsum einer Flasche Wein für eine gute Idee gehalten hatte,

Charles nach ihrer Trennung auf Instagram zu stalken und versehentlich ein Foto zu liken.

Ray würde sich mit ihr unterhalten wollen. Sie sah zum Tisch ihrer Eltern hinüber und überlegte, wieder zu ihnen zurückzugehen, doch inzwischen hatten noch mehr Leute ihre Stühle herangezogen. Waren das die Shores? Und die Bartons? Und die Garnhams? Sie alle hatten Kinder, mit denen sie zur Schule gegangen war. Mit einem geduldigen, leicht schiefen Lächeln wartete Ray auf eine Reaktion. Und diese Brille mit dem dunklen Gestell. Seufz.

Sie holte ihren Ordner, Stifte und einen Stapel Klebezettel heraus und legte alles vor sich auf die Bar. Vielleicht verstand er ja den Hinweis, dass sie keine Lust auf Small Talk hatte.

»Hi, Ray.«

»Sind Sie wegen dem versprochenen Old Fashioned hier?«

Sie schüttelte den Kopf. »Ich hatte schon zwei. Wie wäre es mit einem Pink Squirrel?«

»Ich mache den besten.«

Sein Lächeln wurde breiter. Wie konnte jemand die ganze Zeit nur so fröhlich sein?

»Ich wette, Sie machen von allem das Beste.«

»An meinen Cheese Curds arbeite ich noch.«

An seinen Cheese Curds? Sagte er das, weil sie neulich davon gesprochen hatten?

Mit leichter Hand gab Ray die Zutaten in den Mixer und schüttelte. Er goss die bonbonrosa Mischung in ein riesiges Glas, das fast die Größe eines Fischglases hatte, häufte unheimlich viel Schlagsahne darauf und träufelte noch mehr rosa Likör darüber. Es sah großartig aus. Er schob ihr den Cocktail auf einer Serviette hin, die bereits nass war, weil das Glas übergelaufen war.

»Ich habe es ein bisschen übertrieben.«

»Setzen Sie es meinen Eltern auf den Deckel. Sie sitzen an dem lauten Tisch.«

»Der geht auf mich.« Er wischte sich die Hände an einem Lappen ab, während er zusah, wie sie den ersten Schluck nahm. »Ihr Gesicht sieht gut aus.«

Sie hustete in das süße Getränk. »Wie bitte?« Hatte er wirklich gerade gesagt, dass ihr Gesicht gut aussah? Wie sollte sie das verstehen?

»Das ist nicht richtig rübergekommen, oder? Ich habe gemeint, dass der größte Teil der Verletzungen von der Margarita-Attacke nicht mehr zu sehen ist. Zumindest kann ich kaum mehr etwas sehen. In der Bücherei neulich war noch etwas zu erkennen, aber Sie waren weg, bevor ich etwas sagen konnte. Tut es noch weh?«

Wow. Ein klassisches Missverständnis. Sie konnte mit Sicherheit nachempfinden, wie es war, wenn Worte anders herüberkamen als beabsichtigt. Sie fasste sich an die Nase.

»Es ist besser, aber noch ziemlich empfindlich. Ich nehme Concealer. Gelbgrün ist nicht gerade vorteilhaft.« Sie zog eine Grimasse, als sie sich an den Vorfall im Supermarkt erinnerte, aber er kommentierte ihn nicht. Sie wusste das zu schätzen.

Sie nippte an ihrem Drink. Das kalte Eis fühlte sich großartig an in ihrer engen Kehle, cremig mit einem süßen Mandelgeschmack, gefolgt von einem Hauch Alkohol. Sie nahm einen größeren Schluck. »Er trinkt sich ein bisschen zu gut.«

Ray lächelte, und sie konnte sehen, dass er sich Mühe gab, keinen Witz zu machen. Sie konzentrierte sich auf ihren Drink, während Ray Gläser in eine Reihe stellte und einfachen Sirup, eine Orangenscheibe, eine Kirsche, Magenbitter und etwas Brandy hineingab. Dann mischte er alles und ließ sie stehen, als wollte er sie fertig haben, wenn eine Bestellung hereinkam, was oft passierte. Ihn arbeiten zu sehen, beruhigte sie so, als würde sie Wellen beobachten, die ans Ufer schlugen. Er arbeitete mit einer vitalen Effektivität, nahm neue Bestellungen an, während er bereits eingegangene ausführte, und war immer ein oder zwei Schritte voraus.

Während er Drinks mixte, ging sie ihre Notizen für Arabellas Party durch. Sie hatte für ihren Bruder Listen von den Geschäften gemacht, die er anrufen konnte. Wenn etwas gebucht oder gekauft war, markierte sie es als erledigt. Für Zelte, weiche Kissen und Sitzsäcke war gesorgt. Sie hatten beschlossen, die Party auf denselben Tag wie ihr traditionelles Treffen am 4. Juli zu legen, weil die Familie dann ohnehin zusammen war und Arabella ein Feuerwerk wollte. Sie konnten sich das Feuerwerk von ihren schicken Zelten aus ansehen, schicke Sachen essen und es sich auf schicken Kissen gemütlich machen. Die Kissen waren der schwierigste Punkt gewesen, ihr Bruder und sein Mann hatten nicht Dutzende davon kaufen wollen und sich schließlich entschieden, alle Kissen aus ihrem Haus und den Häusern ihrer Freunde zu nehmen und sie mit Satin und unechten Felldecken zu überziehen. Es hatte den gleichen Effekt und war sehr viel billiger. Jetzt blieb nur noch das Essen; das meiste konnte von der Familie selbst zubereitet werden. Sie notierte sich Ideen für schickes, kinderfreundliches Essen wie Käseblätterteigschnecken und leckere Schokoladentörtchen.

Jede Idee wurde auf einem Post-it festgehalten und fein säuberlich auf eine Plastiktrennseite in dem Ordner geklebt. Sie würde die Ideen an ihren Bruder weitergeben und die, die Arabella nicht gefielen, aussortieren. Wenn das Menü feststand, konnte sie den Namen von demjenigen, der für den jeweiligen Punkt zuständig war, auf denselben Klebezettel schreiben. Es war eine einfache Methode, eine sich verändernde Liste zu führen.

Während sie in Gedanken alles durchging, sah Ray immer wieder zu ihr hin, um sich zu vergewissern, dass sie noch da war – ein schneller Blick, so schnell, dass er vielleicht dachte, sie würde es nicht bemerken, doch das tat sie. Und jeder Blick löste die Anspannung in ihrem Magen. Es war beinahe friedlich, in der vollen Bar zu sitzen, ihren Pink Squirrel zu trinken, ihre Listen durchzugehen und ihn bei der Arbeit zu beobachten. Sie hatte nicht einmal nach ihrem Handy gegriffen.

Eine Kellnerin kam an die Bar und sagte etwas zu Ray, woraufhin er ihr durch die Schwingtür in die Küche folgte. Das Paar neben ihr ging, als ihr Buzzer sich meldete und sie wissen ließ, dass ihr Tisch fertig war.

»Ich habe gehört, du bist wieder in der Stadt«, sagte eine männliche Stimme hinter ihr.

Sabrina wäre am liebsten im Boden versunken, auch wenn sie sich automatisch umdrehte, um den Sprecher anzusehen.

»Bobby.« Ihre Stimme klang piepsig. Das letzte Mal, dass sie hier war, war das mit Bobby Meltzer gewesen, dem Erben der meisten Aquaparks in der Stadt und ihrem Freund auf der Highschool. Er hatte sich kaum verändert, vielleicht war er etwas rundlicher um die Taille, und seine blonden Haare waren etwas kürzer. Das zusätzliche Gewicht füllte seine Wangen und glättete die Falten wie körpereigenes Botox. Er war immer noch süß, vor allem wenn er sie mit diesem breiten Grinsen ansah.

»Ich habe gerade mit meinen Eltern zu Abend gegessen«, sagte Bobby. »Sie reden mit jedem, der hier ist, was ich als Stichwort genommen habe, mir einen neuen Drink zu besorgen.«

Er setzte sich auf den freien Stuhl neben ihr. Jetzt musste sie sich umdrehen, wenn sie ihn ansehen und sich nicht den Nacken verrenken wollte, was sehr unbequem war; ihre Knie stießen dabei gegen einen Stützbalken unter der Bar.

Er war ihre erste Liebe gewesen und hatte ihr als Erster das Herz gebrochen. Sie nahm noch einen langen Schluck in der Hoffnung, dass er sie beruhigen würde. Es war, als wäre sie plötzlich wieder siebzehn.

»Schön, dich zu sehen«, sagte er, nachdem er sich einen Scotch bestellt hatte. Sabrina hatte nie verstanden, was jemand daran finden konnte. Sie hielt sich an ihre Eiscremedrinks.

Er schob seinen Stuhl so nahe an ihren heran wie möglich, bis ihre Knie unter der vorstehenden Theke zusammenstießen. Und da ließ er sie.

»Es ist lange her«, sagte Bobby und stellte seinen Scotch auf die aufgeschlagene Seite in ihrem Ordner, sodass ihre ordentlichen Notizen von dem Kondenswasser nass wurden. Sie nahm seinen Drink weg und schloss den Ordner, damit er keinen weiteren Schaden anrichten konnte.

»Ja.« Auf der Highschool war sie ihm mit den Händen durch seine blonden Haare gefahren und hatte sich die Locken um die Finger gewickelt. Die Locken hatte er nicht mehr, jetzt sahen die Haare stachliger aus und nicht mehr so weich.

»Entschuldigung.« Ray war zurück. »Ich habe Ihnen einen Gruß aus der Küche mitgebracht.« Er stellte ein Körbchen vor sie hin, gefüllt mit gelben Bällchen, die nach Käse dufteten. »Das sind meine Cheese Curds. Lassen Sie mich wissen, ob sie Ihren Ansprüchen genügen. Wussten Sie, dass es in Wisconsin ein Gesetz gab, nach dem in jedem Essen zwei Drittel einer Unze Käse sein mussten? Selbst im Dessert?«

Bobby nahm sich ein Nugget. »Danke, Kumpel. Wir lassen dich wissen, wie sie sind.«

Rays Augen schnellten von Sabrina zu Bobby und wieder zurück, wobei sie den geschlossenen Ordner registrierten. Er neigte den Kopf zur Seite, während er zu ergründen versuchte, was er verpasst hatte.

»Ray, das ist Bobby Meltzer. Bobby, das ist Ray … ich weiß gar nicht, wie Sie mit Nachnamen heißen.«

Sabrina verfügte über gute Manieren, wenn es die Situation erforderte. Es war, als würde sie aus einem Skript ablesen.

»Jasper. Ray Jasper. Der IV., aber wer außer meinen Eltern zählt das schon?«

Mist. Ray war Raymond Harold Jasper IV., einer der Hinterbliebenen aus Harrys Sterbeanzeige. Geist Harry war mit Ray verwandt. Seine Familie lebte schon so lange hier wie ihre und Bobbys und Erikas; der einzige Unterschied war der, dass ihnen der größte Teil der Stadt gehörte. Sabrina war verunsichert, als ihr Gehirn diese neue Information verarbeitete. Vielleicht wollte Harry, dass sie Ray etwas sagte, doch das konnte sie nicht. Er durfte nichts über ihre Familie wissen. Ihre Kehle wurde eng.

»Du bist also der neue Besitzer. Mein Vater hat erzählt, dass du bei deinem Onkel eingezogen bist und das Restaurant gekauft hast.« Bobby kaute beim Sprechen auf einem Cheese Curd herum. »Bleibst du, jetzt, wo dein Onkel tot ist?«

Ray runzelte die Stirn, doch Sabrina bemerkte Bobbys Taktlosigkeit nicht, weil sie immer noch damit beschäftigt war, die neue Information zu verarbeiten.

»Es tut mir so leid, Ray. Harry hat viel für die Stadt getan«, sagte Sabrina. Sie probierte schließlich ein Cheese Curd, während sie sich fragte, wobei Harry ihre Hilfe wohl brauchte. Das musste sie später herausfinden.

Ray konzentrierte sich auf sie, der Blick seiner blauen Augen wurde weicher. »Danke.«

»Danke für die Cheese Curds, Mann. Die sind gut«, sagte Bobby und wandte seine ganze Aufmerksamkeit Sabrina zu.

Ray machte definitiv ein finsteres Gesicht, aber auf der anderen Seite der Bar war ein neuer Gast aufgetaucht.

Das Cheese Curd war gut, die Panade knusprig und leicht süß, ein guter Kontrast zu dem salzigen Käse. Ihr schmeckte die Panade besser als eine Teigkruste, das waren die besten Cheese Curds, die sie je gegessen hatte.

Bobby legte eine Hand auf ihr Knie, und sie hörte auf zu kauen. Das hier passierte nicht. Sie drehte ihren Stuhl herum und unterbrach den Körperkontakt.

»Wo waren wir?« Bobby lächelte, als wäre nichts passiert.

Es war vertraut und alarmierend zugleich, flutete sie mit Erinnerungen aus der Zeit, als sie zusammen gewesen waren und wie er immer einen Weg gefunden hatte, potenzielle Probleme unter den Teppich zu kehren. Damals hatte sie sich in seiner Aufmerksamkeit gesonnt und es hingenommen. Bevor sie einen Entschluss fassen konnte, was sie tun sollte, brummte sein Handy. Ein leichtes Stirnrunzeln glitt über sein Gesicht, dann legte er das Handy zur Seite und seine Hand wieder auf ihr Bein, diesmal etwas höher.

Sabrina drehte ihren Stuhl noch einmal, kam jedoch nicht weit genug weg, um den Kontakt zu unterbrechen, ohne Aufmerksamkeit auf sie zu lenken. Das Handy brummte erneut.

»Alles okay?«, fragte Sabrina.

»Ja. Nur ein Freund.« Bobby wandte sich ihr zu. »Bist du den ganzen Sommer hier?«

Sie nippte an ihrem Drink und suchte nach einer Antwort. Der Alkohol machte sie etwas benommen. »Ich warte auf

Nachricht wegen eines neuen Jobs, dann geht es zurück Richtung Osten.«

»Wir sollten uns treffen, während du hier bist. Über die alten Zeiten reden.« Er beugte sich näher zu ihr hin und schob die Haarsträhnen auf ihrer Schulter zur Seite, wobei seine Finger in ihrem Nacken verweilten. Sie lehnte sich weg. »Ich bin mit dem Auto hier und könnte dich nach Hause bringen. Es besteht kein Grund, dass wir auf unsere Eltern warten.«

Sie würde nicht in seinen Wagen steigen. Das hatten sie alles schon einmal gehabt. Sein Handy brummte erneut. Er ignorierte es. Es brummte wieder.

»Du solltest da drangehen«, sagte Sabrina.

Bobby warf einen Blick auf das Smartphone, dann seufzte er und tippte eine Antwort ein. Sie nahm die Ablenkung als ihre Chance zu entkommen.

»Geh ruhig«, sagte sie leise, ohne sich darum zu scheren, ob Bobby sie hörte. Sie glitt von dem Stuhl, wobei sie sich alle Mühe gab, Bobby auf dem engen Raum nicht zu berühren, und ging so schnell sie konnte zu den Toiletten. Vielleicht war Bobby ja weg, wenn sie zurückkam, sodass sie in Ruhe ihren Pink Squirrel austrinken konnte. Doch als sie wieder auftauchte, wartete er in der dämmerigen, leeren Halle vor den Toiletten auf sie.

»Ich muss gehen«, sagte Bobby, dann griff er nach ihrem Gesicht und küsste sie, wobei seine Lippen gegen ihre Zähne stießen. Er schmeckte nach Scotch mit einem Hauch Zigarettenrauch. Sabrina schob ihn weg. »Warum haben wir uns nur getrennt?«, fragte Bobby. Sabrina konnte sich noch genau erinnern, warum – und nichts hatte sich verändert. »Ich schicke dir eine SMS.«

Sabrina rührte sich nicht, und Bobby wartete eine Antwort

nicht ab, er drehte sich um und verschwand Richtung Eingangstür. Sabrina wischte sich die Lippen ab und ging zurück zu ihrem Stuhl, fassungslos angesichts des emotionalen Schleudertraumas. Sie starrte auf das zerkratzte, abgenutzte Holz der Theke. Bobby hatte einen großen Anteil daran, dass sie weggezogen war. Nach seinem abrupten Abgang fühlte sie sich wie ausgelaugt, so hatte sie sich während ihrer ganzen Beziehung gefühlt – schwindlig und erschöpft von der Aufmerksamkeit. Lag es an der Anstrengung, in seiner Gegenwart normal zu sein? An der Angst, noch einmal zurückgewiesen zu werden? Sie starrte einfach in die Luft, schockiert von dem Wirbelwind der Gefühle.

Sabrina schloss die Augen und versuchte, die Leute um sie herum im Hintergrundlärm verschwinden zu lassen. Rein logisch betrachtet, wusste sie natürlich, dass sie sie nicht beachteten, doch sie bildete sich ein, alle wüssten, dass Bobby sie geküsst hatte. Ihr Urteil lastete auf ihr, zerquetschte ihre Lungen und ihr Rückgrat, bis sie von dem Barhocker rutschen und im Boden versinken wollte.

»Geht es Ihnen gut?«, fragte Ray und unterbrach ihren Nervenzusammenbruch. Seine Stimme munterte sie auf. Sie ließ es zu. »Er schien mir ein bisschen der Grapschtyp zu sein.«

Als ihre Aufmerksamkeit sich wieder der Gegenwart zuwandte, sah sie, dass Bobby seine Rechnung für den teuersten Scotch auf der Getränkekarte nicht beglichen hatte – fünfundsechzig Dollar. Das war die Hälfte ihrer Trinkgelder gestern. Seufzend holte sie ein paar Zwanziger heraus, doch Ray griff nach dem Zettel, bevor sie ihr Geld drauflegen konnte.

»Ich nehme Ihr Geld nicht. Ich schreibe ihn seinen Eltern auf den Deckel.«

Sie nickte zustimmend, schlürfte den letzten Rest ihres Pink

Squirrel und ließ ihre Sinne von dem cremigen Mandeldrink einlullen.

Ray schob seine Brille auf die Nase hoch. »Sie haben etwas Besseres verdient«, sagte er. »Wer, glauben Sie, hat ihn angerufen? Seine Eltern sind hier.«

Beim Sprechen wischte er die Theke ab und füllte Strohhalme und Servietten auf, wobei er sie die ganze Zeit ansah.

»Wir waren mal befreundet. Ich bin mir nicht sicher, was das alles sollte«, sagte Sabrina.

Ray sah sie mit einem Blick an, der sagte: *Wir beide wissen, was das sollte*, doch er war Gentleman genug, es nicht laut auszusprechen. Sie öffnete ihren Ordner und nahm ihr Brainstorming wieder auf, die geraden Reihen mit Klebezetteln und die Befriedigung, Punkte auf einer Liste abzuhaken, ließen sie klarer sehen. Etwas zu kontrollieren, egal, wie unbedeutend es war, half immer. Arabellas Party war das perfekte Heilmittel.

»Wofür ist das alles?«, fragte Ray und zeigte auf den Ordner.

»Für die Geburtstagsparty meiner Nichte. Ich helfe meinem Bruder. Ich plane alles, er führt es aus.«

»Das erscheint mir ein bisschen viel für die Party eines kleinen Mädchens. Kuchen, Luftballons, vielleicht Pizza und ein paar Spiele. Fertig.«

»Wann waren Sie das letzte Mal auf einer Geburtstagsparty einer Achtjährigen?«

»Als ich acht war.«

»Die Dinge haben sich geändert. Heute muss so etwas Instagram-tauglich sein, sodass alle neidisch auf deine Partyplanung sind.« Sabrina schüttelte den Kopf und murmelte leise: »Kuchen und Luftballons.«

»Sie sind also gut darin? Und machen das gern?«

Sabrina sah auf ihren durch Farben unterteilten, perfekt

organisierten Ordner. »Das bin ich, und das tue ich. In einem gewissen Rahmen. Ich tätige die Anrufe nicht. Ich zeige meinem Bruder Möglichkeiten auf, und er übernimmt diesen Teil.«

Ray musterte sie, dann lehnte er sich auf die Bar. »Ich könnte etwas Hilfe gebrauchen.«

»Wobei?«

»Bei der Abschiedsgala. Es ist das erste Jahr, dass ich der Gastgeber bin, und sie muss perfekt werden.«

Uff, die Gala. Das Letzte, was Sabrina wollte, war, eine zu organisieren.

»Waren Sie mal auf einer?«, fragte Sabrina.

»Einmal, 2007.«

Sabrina schwieg. Sie war in diesem Jahr auch dort gewesen.

»An die erinnere ich mich.« Mehr bekam sie nicht heraus, als die Erinnerungen in ihrem Kopf zum Leben erwachten und wie ein Film abliefen, den sie nicht ignorieren konnte.

»Sie waren da?«, fragte Ray.

Sabrina nickte.

»Ich frage mich, ob wir einander gesehen haben.«

Sabrina zuckte lediglich die Schultern. An diesem Abend hatte sie nur Bobby gesehen. Ihre Hände zitterten, als sie daran zurückdachte.

»Sabrina? Sind Sie noch bei mir?« Sabrina sah Ray an, er hatte den Kopf zur Seite geneigt, während er Gläser abtrocknete und in ordentliche Reihen stellte. »Einen Moment waren Sie ganz weit weg.«

»Entschuldigung.«

»Sie müssen sich nicht entschuldigen. Ich stehe für immer in Ihrer Schuld, dass Sie mich vor der Prügelei im Aquapark gerettet haben.«

Etwas in ihr entspannte sich ein wenig. Weitere Bestellungen kamen herein, und sie sah ihm zu, wie er Drinks mixte und pürierte. Als er zurückkam, stellte er noch einen Pink Squirrel vor sie hin.

»Wofür ist der?«

»Reine Bestechung. Bitte, helfen Sie mir.«

»Das bedarf mehr als eines Drinks. Sie wissen nicht, was Sie mich da fragen.« Sabrina schauderte bei dem Gedanken, mit all den verschiedenen Geschäftsleuten reden zu müssen, stundenlang zu telefonieren und Leute wie ein Feldwebel herumzudirigieren, obwohl es auch viele Listen geben würde. Und Ordner. Und Klebezettel. Sie liebte Post-its. Einmal abgesehen davon, dass es bedeuten würde, bis Oktober zu bleiben. Sie hatte gehofft, dann bereits nicht mehr hier zu sein.

»Nennen Sie mir Ihren Preis«, sagte Ray.

Sabrina seufzte. Was war abstrus genug, dass er es nicht einmal in Erwägung zog? Sie schrieb eine Zahl auf eine Serviette, schob sie ihm hin und wartete, dass er ob ihrer Dreistigkeit schnaubte.

»Abgemacht.«

Was? Sie würde ihm nicht wirklich helfen – obwohl das Geld ihre Schulden von dem Studiendarlehen beträchtlich verringern würde.

»Das war nicht ernst gemeint. Ich kann Ihnen nicht helfen. Ich habe bereits eine Sechzig-Stunden-Woche. Und … ich kann nicht.«

»Mir ist das vollkommen ernst. Im Augenblick brauche ich Hilfe mehr als Geld. Bitte, retten Sie mich.«

Ein Gast benötigte seine Aufmerksamkeit, sodass er sich von ihr abwandte und sie darüber nachdachte, wie sehr das Geld ihr Leben verändern würde. Sie hätte gern zugestimmt, aber sie konnte nicht. Sie musste an ihrem Plan festhalten. Hart arbeiten, Geld sparen, ihren Schuldenberg abtragen, die Stadt verlassen. Sie hatte das alles in ihren Tabellen dokumentiert. Selbst wenn es bei dem Gedanken, mehr Zeit mit Ray zu verbringen, auf die bestmögliche Weise in ihr kribbelte. Vor allem deshalb.

Er musste ihre Gedanken gelesen haben, denn als er zurückkam, sagte er: »Denken Sie einfach darüber nach. Das ist alles, worum ich Sie im Moment bitte. Hier ist meine Nummer.« Er hatte sie in ordentlichen Zahlen auf eine Serviette geschrieben.

Sie steckte die Serviette in ihre Tasche. »Ich werde darüber nachdenken, aber machen Sie sich keine Hoffnungen.«

Sie lächelte, als Mrs. Smoot neben ihr erschien, die Augen vor Wut zusammengekniffen.

»Das ist er, das ist der untreue Mistkerl, der da mit seinem billigen Flittchen herumknutscht. Hauen Sie ihm eine runter! Sagen Sie ihm, Karen weiß, dass er herumgevögelt hat, während sie sterbend im Krankenhaus lag.«

Mrs. Smoot zeigte auf ein Paar, das einige Stühle von ihr entfernt saß. Der Mann hatte dunkelblondes Haar, das aus der Stirn gekämmt und gegelt war. Wenn er in einen Regenschauer kommen würde, könnten die gelösten Produkte möglicherweise eine Umweltkatastrophe auslösen. An seinem schwarzen Button-down-Hemd waren drei Knöpfe zu viel offen, doch der Frau an seiner Seite schien das nichts auszumachen, da sie bei jedem seiner Worte kicherte und sich das braun gesträhnte Haar über die Schulter warf, wobei sie einen rosa BH-Träger enthüllte. Sie war um die Augen stark geschminkt, das Make-up grub sich wie Tinte, die jemand auf dem Teppich verschüttet hatte, in ihre Augenfältchen.

»Wer ist Karen?«, fragte Sabrina laut, bevor sie sich daran erinnerte, wo sie war.

Ray sah sie mit geneigtem Kopf an, wurde allerdings von einem neuen Gast abgelenkt.

»Ich bin Karen, das ist doch klar. Und nun los«, sagte Mrs. Smoot.

»Ich hole meine Mutter.« Sabrina flüsterte die Worte in der Hoffnung, dass niemand etwas hörte.

»Schnell, sie wollen gehen. Sie müssen jetzt etwas tun. Los!« Ihr Rufen wurde lauter und zerrte an Sabrinas Nerven. Sie hatte genug für heute Abend. Sie musste hier weg. Sie ließ sich von ihrem Stuhl gleiten und drehte sich um, um zu gehen.

»Sie können nicht gehen. Helfen Sie mir. Helfen Sie mir!« Mrs. Smoots Konturen begannen rot zu glühen. Sabrina hatte nicht gewusst, dass Geister ihre Farbe verändern konnten.

Seufzend griff sie nach dem Stil des riesigen Glases, das noch voll mit Pink Squirrel war, und trat vor das glückliche Paar. Der Drink rutschte in ihrer Hand, und ein bisschen davon schwappte über den Rand auf ihre Sandalen und tropfte zwischen ihre Zehen.

»Ja! Nehmen Sie den Drink! Das ist eine tolle Idee.« Mrs. Smoot leuchtete vor Aufregung.

»Entschuldigen Sie, Mr. Smoot.«

Er blickte auf und sah sie interessiert an. Die Frau an seiner Seite war nicht begeistert über die Unterbrechung.

»Ja?« Er lächelte sie an, und das nicht auf die Art eines Gentlemans. Plötzlich tat ihr nicht leid, was sie zu tun beabsichtigte.

»Ihre Frau hat eine Nachricht für Sie. Sie weiß, dass Sie mit dieser Frau geschlafen haben, während sie ihre letzten Atemzüge getan hat.«

Mr. Smoot riss die Augen auf. Seine Begleitung sagte: »Deine Frau?« Und Sabrina leerte den Pink Squirrel über seinem Kopf aus, während alle in der Bar zusahen, einschließlich Ray. Sie nahm sich einen Moment, um zu bewundern, wie die Eiscreme an seinem Gesicht hinunterlief, wie erst seine Augen und dann seine Nase wieder sichtbar wurden; die rosa Flüssigkeit hob sich prächtig von seinem schwarzen Hemd ab.

Mrs. Smoot tanzte vor Entzücken, ehe sie immer heller leuchtete und verschwand. Sie war gegangen, und für Sabrina war es Zeit, das Gleiche zu tun, ehe die Leute anfingen, Fragen zu stellen, die sie nicht beantworten würde.

Sie legte zwei Zwanziger auf die Bar, murmelte ein kleinlautes »Entschuldigung« in Rays Richtung und hetzte aus dem *Otter Club*.

12

zwölf

Ray trat in die altmodische dunkle Holzküche im Haus seines Onkels, seinem derzeitigen Wohnsitz. Rechtlich gesehen gehörte es seit ein paar Tagen seinen Eltern. Er schaltete das Licht an. Eine der Herdplatten funktionierte nicht, und die Ofentür hing so lose in den Angeln, dass sie aufklaffte und jedes Mal, wenn er den Herd zu benutzen versuchte, ein Schwall heißer Luft herauskam. Ein altmodischer weißer Kühlschrank voller Kratzer hob sich von den abgenutzten, dunklen Walnussholzschränken ab. Es gab nicht einmal eine Spülmaschine, weil sein Onkel nur selten etwas anderes als dieselben sechs Schüsseln benutzt hatte. Insgesamt war das ganze Haus in einem ähnlichen Siebzigerjahre-Stil gehalten, einschließlich des roten Wollteppichs im Arbeitszimmer und der dunklen Holzbalken an der Decke. Sein Onkel hätte renovieren können, hatte sich stattdessen aber entschieden, Gewerbeimmobilien aufzukaufen, Unternehmen vor Ort zu beraten und die Baseballteams der Little League zu sponsern. Ray konnte einem einfachen Lebensstil durchaus etwas abgewinnen, doch es juckte ihn in den Fingern, alles umzugestalten, allerdings konnte er das erst, wenn seine Eltern das Gebäude nicht mehr als Druckmittel benutzten.

Obwohl an der Ausstattung nichts verändert worden war,

musste er sich erst noch daran gewöhnen, dass jetzt niemand mehr dort wohnte. Er erwartete, Onkel Harry mit einem Brandy und einer Zigarre an seinem Schreibtisch sitzen zu sehen, wenn er ins Arbeitszimmer trat, ein sturer Geist, der noch nicht bereit war zu gehen. Doch er wusste es besser, nicht wahr?

Wie immer war er aufgedreht von dem Abend auf der Arbeit und konnte noch nicht gleich ins Bett gehen. Tausend Dinge gingen ihm durch den Kopf.

Gab es einen besseren Platz, an dem das Servicepersonal die bestellten Getränke abholen konnte?

Sollte er mit unterschiedlichen Snacks experimentieren?

Weshalb hatte Sabrina Mr. Smoot ihren Drink über den Kopf gekippt?

Und so weiter.

Er brauchte einen Ort, wo er das alles aufschreiben konnte. Er brauchte zu Hause ein Büro. Während er von einem Zimmer zum nächsten ging, überlegte er, wo er am besten anfangen sollte – und ignorierte, dass es zwei Uhr morgens war. Onkel Harrys Arbeitszimmer nahm eine Ecke der großen Grundfläche des Hauses ein und blickte auf einen baumreichen Hinterhof, der an ein Stück Jasper-Land grenzte, das unerschlossen und wild belassen worden war. Es wurde häufig von Rotwild und Truthähnen und hin und wieder von einem Kojoten besucht. Er meinte, an einem Abend auch einen Fuchs entdeckt zu haben, der jedoch wieder verschwunden war, bevor er es mit Sicherheit hatte sagen können. Der Raum war in dem gleichen dunklen Holz gehalten wie die Küche, aber hier passte es zu den Bücherregalen, dem schweren Schreibtisch und den bequemen Ledersesseln vor den großen Fenstern. Dieses Zimmer musste nur einmal gründlich gereinigt und nicht völlig umgestaltet werden.

Ray federte ein paarmal auf den Fußballen, um die Muskeln zu lockern, wie Läufer das manchmal vor einem Lauf taten.

Du kannst auch gleich anfangen, Ray. Er belud sich die Arme mit Büchern, trug sie ins Wohnzimmer und stapelte sie in ungleichen Stapeln, die an die Silhouette einer Großstadtskyline erinnerten. Die meisten Bücher waren alte, in Leder gebundene Enzyklopädien, die eher als Dekoration denn zum Lesen gedacht waren, aber einige zeigten auch Gebrauchsspuren. Ein paar waren sehr alt. Wenn er mehr Zeit hatte, würde er sie durchgehen – vielleicht war ja etwas Wertvolles darunter.

In den Einbauschränken des Arbeitszimmers und im Abstellraum grub er Dokumente aus, die die Familie betrafen und über Jahrzehnte zurückreichten; bei den meisten handelte es sich um alte Rechnungen und Steuererklärungen, die er nicht mehr brauchte. Er würde ein großes Freudenfeuer damit entzünden, wenn er alles durchgesehen hatte. Zunächst einmal kamen sie zu den Büchern in die Bibliothek.

Den Schreibtisch hob er sich für zuletzt auf, leerte alle Schubladen in Kartons aus, bis nur noch ein Schlüssel und ein altes schwarzes Tagebuch übrig waren, das Tagebuch, das er in der Bibliothek seines Elternhauses in New York gefunden hatte. Als er es aufschlug, landete er an der Stelle, die ihn ursprünglich nach Wisconsin geführt hatte. Nahe dem Rücken zeigte eine gezackte, an Zähne erinnernde Linie, wo ein paar Seiten herausgerissen worden waren – zwölf, wenn er richtig gezählt hatte –, und teilte das Buch in vorher und nachher. Auch wenn die Handschrift dieselbe war, unterschied sich der Inhalt stark im Ton. Die ersten Seiten waren fröhlich und hoffnungsvoll in einer kühnen, prallen Schrift geschrieben und sprachen von einer strahlenden Zukunft – das Tagebuch eines optimistischen, verliebten jungen Mannes, seines Urgroßvaters (oder »Nummer eins«, wie Ray ihn gern bezeichnete, da er der erste Raymond Harold Jasper gewesen war) und Onkel Harrys Bruder. Die späteren Seiten waren mehr als ein Jahr später datiert, kurz vor der Heirat mit einer anderen Frau. Die Schrift war aggressiver, die Buchstaben wie gemeißelt und drohten, das Papier zu durchbohren. Der düstere, zynische Ton zeugte von einem Mann, der eine lebenslange Verurteilung zum Unglücklichsein akzeptiert hatte. Was war in der Zwischenzeit passiert?

Er fuhr mit dem Finger an der Reißkante entlang, als würde das Berühren der Stelle die fehlenden Seiten auf magische Weise erscheinen lassen oder ihm zumindest einen Hinweis liefern, wo er nach ihnen suchen sollte. Seine Mutter hatte ihn gewarnt, dass das Ausgraben von Familiengeheimnissen ihm nicht geben würde, was er sich davon erhoffte, doch woher sollte er das wissen, wenn er es nicht machte? Eine angelaufene silberne Urne, die in einem der ausgeräumten Regale stand, fing das Licht der Schreibtischlampe ein wie ein Leuchtturm, eine Warnung, dass Land voraus war. Gefahr, die Vorsicht erforderte.

Er war sechs gewesen, als er die Urne zum ersten Mal bei der Testamentseröffnung von Nummer eins durch Mr. Moore, den Familienanwalt, in der Bibliothek in New York gesehen hatte. Urgroßmutter, seine Witwe, trug ein schwarzes Kleid, das ihre cremefarbene Perlenkette betonte, dieselben Perlen, die Lucy auf Onkel Harrys Beerdigung getragen hatte. Urgroßmutter saß auf der Kante eines Lederstuhls, die Familie um sich versammelt, den Rücken durchgedrückt, die Miene ernst. Ein Feuer knisterte in dem großen Kamin. Ray erinnerte sich, wie Urgroßmutters Lippen dünn wurden, während sie sie immer fester zusammenpresste, bis schließlich alle Farbe aus ihnen verschwand, wie bei jedem neuen Punkt alle den Atem anhielten und wie er in seinem kleinen schwarzen Anzug schwitzte.

Onkel Harry stand hinter ihr, damals noch jünger, und nur an den Schläfen leicht ergraut. Nach der erwarteten Verteilung von Land, Geld und Familienerbstücken äußerte Nummer eins noch einen Wunsch, der die Familie überraschte.

»Ich wünsche, dass meine Asche nach Wisconsin Dells zurückgeführt und neben meiner ersten Verlobten begraben wird, die auf dem Spring-Grove-Friedhof liegt unter dem Namen …«

»Ist das alles?«, unterbrach Urgroßmutter Mr. Moore.

»Ich muss es zu Ende lesen«, sagte er.

»Ist das der letzte Punkt, oder folgt noch etwas?«

»Das ist der letzte Punkt.«

»Dann hören wir hier auf. Ich kümmere mich darum. Danke, dass Sie sich Zeit genommen haben, Mr. Moore.« Sie griff nach den Dokumenten, die vor dem Anwalt auf dem Schreibtisch lagen. »Schicken Sie mir bitte alle Kopien, die in Ihrem Besitz sind.«

»Die Kanzlei behält in der Regel eine Kopie, Mrs. Jasper.«

»Die Kanzlei hat das zu tun, wofür ich sie bezahle. Ich bezahle Sie, dass Sie mir alle Kopien von Mr. Jaspers Testament zukommen lassen. Ich rechne im Laufe des Tages damit. Danke.«

Sie wandte dem Anwalt den Rücken zu und zeigte ihm damit, dass das Gespräch hiermit beendet war. Mr. Moore sah sich im Zimmer um, ob irgendjemand gegen diesen ungewöhnlichen Wunsch Einwände hatte. Als dem nicht so war, ging er. Urgroßmutter nahm die letzte Seite und warf sie ins Feuer, seine Eltern sahen sich an, sagten aber nichts. Dann rückte Urgroßmutter die silberne Urne näher an einen Strauß weißer Lilien heran, der auf dem Kaminsims stand.

»Ich kann sie mit nach Hause nehmen. Ich spreche mit Mr. Moore und sorge dafür, dass Raymond dort begraben wird«, sagte Onkel Harry.

»Das wird nicht nötig sein. Er bleibt hier«, widersprach ihm Urgroßmutter.

»Das ist nicht das, was er gewollt hat, Etta.«

Urgroßmutter sah ihn an, ihre Augen waren eisig im Feuerschein. »Das ist mir egal. Dieser Frau gehörte sein Herz. Ich bekomme, was übrig ist.«

»Du kannst das Testament nicht ignorieren.«

»Du wüsstest nicht einmal, wo du ihn begraben solltest.« Urgroßmutter zeigte auf die Seite, die im Feuer verbrannte.

Harry hielt ein schwarzes Notizbuch hoch. »Die Antwort steht hier drin.«

Urgroßmutter lächelte, aber es war ein humorloses Lächeln. »Viel Glück damit.«

Onkel Harry blätterte in dem Buch, dann hielt er es Urgroßmutter hin. »Wo sind die Seiten?«

Urgroßmutter verschränkte die Arme vor der Brust. »Sie waren schon nicht mehr da, bevor er hierhergezogen ist. Falls sie noch existieren, sind sie irgendwo in deinem Haus.«

»Es ist noch nicht vorbei, Etta.«

Urgroßmutter grinste. »Wer Fakten geschaffen hat, hat das Gesetz quasi schon auf seiner Seite. Ich habe seine Asche. Ich entscheide, was damit passiert. Und jetzt hau ab, Harry!« Sie stand vor der Urne und ließ sie keine Sekunde aus den Augen.

Onkel Harry schüttelte den Kopf und ging, gefolgt vom Rest der Familie. Die Urne hatte bis zum letzten Jahr ihren Platz nicht verlassen.

Ray war letzten Sommer in derselben Bibliothek gewesen, um sich einen Vertrag durchzulesen, als ein schwarzes Buch aus einem Regal gefallen war. Das schwarze Tagebuch. Er hatte es an eine leere Stelle zurückstellen wollen, doch als er sich bückte, um es aufzuheben, war es an der Stelle aufgeschlagen gewesen, an der die Seiten herausgerissen waren – derselben Stelle, die Onkel Harry Urgroßmutter bei der Verlesung des Testaments gezeigt hatte. Als ihm klar geworden war, was er da in der Hand hielt, hatte etwas in ihm klick! gemacht. Er erinnerte sich daran, es als Kind gesehen zu haben, aber er sah auch zu viel von sich selbst auf den späteren Seiten, eine von den Familienerwartungen gefangene Seele. Er wollte so ein Leben, wie es auf den ersten Seiten beschrieben war. Er hatte gehofft, dass Onkel Harry ihm einige der Fragen beantworten konnte oder jemanden kannte, der das konnte. So weit waren sie allerdings nicht gekommen.

Als Ray angekommen war, hatte Onkel Harry sich gerade von einer Lungenentzündung erholt, und wie sich herausstellte, war sein Gedächtnis auch nicht mehr das beste. Er vergaß, den Ofen auszumachen oder wo er seine Brieftasche hingelegt hatte, nur um sie später im Barschrank zu finden. An einem besonders schlimmen Tag hatte Ray ihm erklären müssen, wer er war und warum er hier war. Als Ray ihn nach den fehlenden Seiten fragte, hatte Onkel Harry sich an nichts erinnern können. Sie mussten aber doch irgendwo sein, oder?

Ray sah sich zwischen den gestapelten Büchern und den Kisten voller Unterlagen um. Er musste das alles Seite für Seite durchgehen, damit er nicht versehentlich die fehlenden

Tagebuchseiten fortwarf – vorausgesetzt, dass sie nicht schon vor langer Zeit mit der letzten Seite des Testaments von Nummer eins in den Flammen aufgegangen waren.

Nachdem er im Arbeitszimmer sauber gemacht hatte und ihm die Ideen ausgingen, wo er noch suchen könnte, forderten die Ereignisse des früheren Abends seine Aufmerksamkeit, als er Zeuge geworden war, wie Sabrina ihren Drink über Mr. Smoot ausgeleert hatte – einem miesen Trinkgeldgeber und Aufreißer. Sie hatte irgendetwas Seltsames gesagt, bevor sie ihm den Pink Squirrel über den Kopf gegossen hatte – dass der für seine Frau war. Warum hatte sie das getan? Sie dazu zu bringen, mit ihm zu sprechen, erforderte jedes Quäntchen seines Charmes, und er war sich immer noch nicht sicher, ob sie ihn mochte.

Dann war da Bobby. Ihr Freund von der Highschool. Er war Ray auf Anhieb unsympathisch gewesen, wie ein Fahrer, der Kippen aus dem Autofenster warf. Wahrscheinlich tat Bobby das auch, und so ein Verhalten war nicht entschuldbar.

Seine Muskeln schmerzten von dem langen Tag und der spätabendlichen Kraftanstrengung, doch die Einsamkeit machte seine Glieder zusätzlich schwer. Er wollte nicht allein sein, nicht wie Onkel Harry – der eingefleischte Junggeselle. Nicht wie seine Eltern – verheiratet, aber allein. Er wollte jemanden an seiner Seite, der den Alltag mit ihm teilte, jemanden, an dem er seine albernen Ideen ausprobieren konnte, jemanden, der sein Bett und sein Herz wärmte. Er wollte jemanden, der all seine Marotten liebte und nicht nur sein Bankkonto und seine familiären Verbindungen.

Er fuhr an der Risskante entlang und hoffte, dass sie ihm ein paar Antworten geben würde.

Sein Telefon klingelte. Es war Lucy.

»Vermisst du mich?«, fragte er.

»Hast du vergessen, wie man einen Anruf beantwortet? Du bist schon zum Wilden mutiert. Was für eine Verschwendung.«

Ray konnte sie durch das Telefon lächeln hören. Es gab nicht viel, was er an New York vermisste – nur seine Schwester und die Möglichkeit, jederzeit jede Art von Essen ordern zu können. Für ein gutes Thaicurry würde er morden.

»Rufst du aus einem bestimmten Grund an oder bloß, um dich über mich lustig zu machen, weil du an einem Samstagabend nichts Besseres zu tun hast – oder an einem Sonntagmorgen?« Er zog eine Schublade auf und legte ein paar Stifte hinein, den Schlüssel, den er gefunden hatte, und das Tagebuch.

»Ich wollte deine Stimme hören. Bist du noch so spät auf oder schon so früh?«

»So spät. Ich konnte nach der Arbeit nicht schlafen. Was ist mit dir?«

»So früh.«

»Ich frage dich noch einmal: Warum rufst du an?«

»Okay. Ich muss dir etwas erzählen, weil ich nicht will, dass du es von jemand anderem erfährst.«

Ray nahm einen Schluck von seinem Brandy und atmete tief durch, um sich auf das vorzubereiten, was immer Lucy ihm sagen wollte. »Okay, schieß los.« Schweigen. Ray konnte hören, wie Lucy mit den Fingern auf den Tisch klopfte. »Sag es einfach. Ich halt das aus.«

»Mavis heiratet. Einen widerlichen, alten Investmentbanker. Ich bin mir ziemlich sicher, dass er ein Herzleiden hat, und sie trainiert mit ihm für den New York Marathon.«

Er nahm noch einen Schluck Brandy und spürte das Brennen in der Kehle. Mavis. Das letzte Mal, dass er sie gesehen hatte,

hatte sie ihm sein Handy gestohlen und die Unverfrorenheit besessen, wütend auf ihn zu sein, weil auf dem Lock Screen nicht ihr Foto war. Sie hatte nach Informationen über seine letzten Deals gesucht – in der Hoffnung, sie an ihren Vater weitergeben zu können, einen Konkurrenten. Er hätte es besser wissen müssen.

Es war ihm nicht schwergefallen, sie zu verlassen. Er wollte kein Leben, in dem er dem anderen immer um eine Nasenlänge voraus sein und sich ständig Sorgen machen musste, dass die, die ihm am nächsten standen, ihn übervorteilten. Mavis hatte nicht die Absicht gehabt, ihm wirklich eine Partnerin zu sein. Na gut, zumindest hatte Mavis jemanden gefunden, der ihr gab, was sie wollte.

»Geht's dir gut?«, fragte Lucy.

»Ja. Ich frage mich nur gerade, ob man den New York Marathon als Mordwaffe bezeichnen kann.«

Lucy lachte, und Ray ließ die bernsteinfarbene Flüssigkeit in seinem Glas kreisen. Die Farbe erinnerte ihn an etwas, woran allerdings, fiel ihm im Moment nicht ein.

»Ich bin froh, dass ich nicht zu dir kommen und dich aufbauen muss.«

»Ich denke, ich werde es überleben. Ich weiß nicht, warum ich Frauen anziehe, die bloß dann an mir interessiert sind, wenn ich irgendwas für sie tun kann. Steht auf meiner Stirn groß ›Trottel‹?«

»Du bist zu nett.«

»Du dürftest die Einzige sein, die das so sieht.«

»Es ist mir ernst. Hast du jemals jemanden wirklich beschissen – wenn auch nur in geschäftlichen Dingen?«

Ray nahm einen Schluck und dachte darüber nach. »Nein, das ist nicht mein Stil.«

»Genau, du willst, dass alle Beteiligten glücklich sind.«

»Tut das nicht jeder?«

»Verdammt noch mal, nein. Ich will so viel Geld wie möglich machen, und es ist mir egal, wie weh das der anderen Seite tut.«

Ray verdrehte die Augen, denn er wusste, dass das so nicht ganz stimmte. Aber es war auch nicht völlig falsch. Lucy war sehr viel skrupelloser, als er je gewesen war. Er wollte, dass alle an dem Deal Beteiligten das Gefühl hatten, gewonnen zu haben. Lucy wollte, dass sie gewann und die andere Seite verlor. In der Regel war sie der Sieger.

»Danke, dass du es mir gesagt hast. Ich bin sicher, ich hätte es irgendwann gesehen, und jetzt bin ich nicht überrumpelt, wenn Mom das Thema zur Sprache bringt. Und du weißt, dass sie das wird.«

»Sie möchte kleine Jasper-Babys, mit denen sie knuddeln und die sie verwöhnen kann und die den Familiennamen weitertragen.«

»Du trägst auch den Familiennamen und bist sehr viel besser geeignet, für genau diese Nachkommen zu sorgen.«

»Willst du damit sagen, dass ich eine Brutmaschine bin?«

»Na klar. Eine Brutmaschine auf Pfennigabsätzen.«

»Sie erleichtern es, den Gegner aufzuspießen«, sagte sie und hielt dann inne. »Ich habe nicht vor, mich fortzupflanzen, du bist also gefragt.«

»Denkst du, dass Mom sich auch mit Welpen zufriedengeben würde? Welpen sind bezaubernd. Ich könnte im Restaurant doch einen Bereich schaffen, wo die Gäste mit Hunden spielen können. Was denkst du, sollte ich mich vielleicht mit dem örtlichen Tierheim zusammentun?« Sein Gehirn lief auf Hochtouren, wie immer, wenn ihm vielversprechende Ideen kamen.

»In diesem Sinne lege ich jetzt auf. Mehr will ich gar nicht wissen. Ich hab dich lieb.«

Lucy legte auf, was Ray kaum mitbekam. Ihm gefiel die Idee mit den Welpen. Morgen würde er versuchen, das Tierheim zu erreichen, ja, die Idee könnte Hand und Fuß haben … oder eher Pfoten. Die Gäste wären während der zunehmend langen Wartezeiten unterhalten, und womöglich kam auch noch die ein oder andere Adoption dabei heraus. Er machte sich ein paar Notizen, um daran zu denken, mit Rick, dem Koch, darüber zu reden. Er wusste immer genau, wann er mit seinen Ideen über das Ziel hinausschoss.

Nach dem Telefongespräch kam ihm das Haus noch leerer vor. Er freute sich, dass Mavis einen Ehemann gefunden hatte, der besser zu ihr passte, jemanden, der ihr im Tausch gegen ihre Gesellschaft all das geben würde, was sie wollte. Im Gegensatz zu ihr war für Ray die Ehe kein Tauschgeschäft. Er wollte jemanden, der das Leben interessant machte. Er wusste, dass er entweder aus Liebe heiraten würde oder gar nicht.

13

dreizehn

Was hat Mr. Smoot gesagt, nachdem du ihm den Pink Squirrel über den Kopf geschüttet hast?«, fragte Sabrinas Mutter. Unter dem weißen Morgenmantel, der ihr bis zu den Knien reichte, trug sie immer noch ihren Schlafanzug, einen gelben Baumwollzweiteiler. An den Füßen hatte sie Füßlinge, um nicht barfuß herumlaufen zu müssen wie eine Wilde – oder wie ihre Tochter.

In kleinen Schlucken trank sie ihren noch dampfenden Kaffee, während sie wartete, dass Sabrina fortfuhr.

Nachdem sie eine Nacht darüber geschlafen hatte, hasste Sabrina es, zugeben zu müssen, dass sie es genossen hatte, Mrs. Smoot zu helfen. Sie hatte damit gerechnet, literweise Kaffee zu brauchen, so erschöpft und überfordert, wie sie sich gestern Abend gefühlt hatte, doch sie war aus dem Bett gesprungen, noch bevor Molly überhaupt angefangen hatte, ihre Lieblingslieder aus den Achtzigern zu trällern, um sie zu wecken – Wham! war ihr ganz persönlicher Favorit.

Es war das gleiche gute Gefühl wie nach dem Reparieren von Mrs. Randolphs Tür.

»Keine Ahnung, das habe ich nicht mehr gehört. Ich habe vierzig Dollar auf die Theke geworfen und bin sofort gegangen. Ich hatte ein so schlechtes Gewissen wegen dem ganzen

Chaos, für das ich gesorgt habe. Bestimmt kann ich nie mehr auch nur einen Fuß in den *Otter Club* setzen.«

»Da wird Ray aber traurig sein.«

»Das glaube ich nicht. Stell dir vor, Bobby war auch da und hat die ganze Zeit mit mir geflirtet. Dann ist er aber überschnell aufgebrochen, nachdem er mehrere SMS bekommen hat, aber nicht ohne mich vorher zu küssen.«

Ihre Mutter zog ein angewidertes Gesicht.

»Ja, ich weiß, ich weiß.«

Ihre Mom sah schuldbewusst aus. »Ich hätte es wahrscheinlich früher erwähnen sollen, aber ich wollte nicht, dass du nicht nach Hause kommst oder den Job bei den Real Dells Ducky Tours nicht annimmst.«

Sabrina kannte die Einzelheiten noch nicht, doch sie wusste, dass das, was immer ihre Mutter ihr jetzt erzählen würde, nur schlecht für sie sein konnte.

»Bobby und Erika haben sich Weihnachten verlobt. Sie heiraten diesen Herbst – direkt nach der Abschiedsgala.«

Mist.

Sabrinas Magen verkrampfte sich immer mehr, es fühlte sich an, als wäre eine Spirale darin und würde sie würgen. Sie wollte, dass es aufhörte, doch wenn es erst einmal angefangen hatte, entzog es sich fast immer ihrer Kontrolle. Es war nicht die generelle diffuse Angst, mit anderen Menschen zu interagieren, die von ihr Besitz ergriff. Es war ein sofortiges, allumgreifendes Bedürfnis, jedes eventuelle *Was wäre, wenn*-Szenario auseinanderzunehmen, gefolgt von einer detaillierten Analyse jeder Interaktion, was sie eventuell bedeuten könnte, wie sie sich auf ewig blamieren würde und wie jeder, dem sie jemals begegnet war, sie verurteilen würde.

Das kostete Zeit. Die Spirale in ihrem Magen zog fester an,

und Sabrina erinnerte sich, dass sie in zwanzig Stunden wieder auf der Arbeit sein musste.

Würde Bobby Erika von ihrem Kuss erzählen?

Würde sie damit herausplatzen, wenn sie Erika sah?

Was würde Erika tun, wenn sie es herausfand?

Würde Sabrina ihren Job verlieren?

Würde Erika ihr ihren Job lassen, es aber als Druckmittel benutzen?

Was dachte Ray, warum sie Mr. Smoot den Drink über den Kopf geschüttet hatte?

Dachte er an sie?

Konnte sie Erika den Rest des Sommers meiden?

Warum hatte sie den Job angenommen? Doch die Antwort darauf kannte sie.

Erika würde ihr nie glauben, dass sie nichts von der Verlobung gewusst hatte. Sie würde annehmen, Sabrina wollte Bobby zurückhaben, obwohl nichts weiter von der Wahrheit entfernt sein könnte. Es war nicht nur Bobby gewesen, der ihr die Zeit auf der Highschool verdorben hatte, aber er war schuld daran, dass ihre Welt in Trümmern lag.

Nach der Abschiedsgala im letzten Schuljahr hatte niemand mehr mit ihr gesprochen, sie hatte alleine im Büro des Vertrauenslehrers zu Mittag gegessen. Nicht einmal ein schnelles »Hi« im Gang hatte es gegeben. Genauso gut hätte sie ein Geist sein können, den nur sie sehen konnte. Selbst die Lehrer hatten die Veränderung gespürt und sie seltener drangenommen. Eine Gelegenheit weniger, dass die anderen ihre Meinung über sie revidierten.

Die Einzige, die sie nicht ignoriert hatte, war Erika. Sie hatte es genossen, mit ihr zu reden, sie allzu gern daran erinnert, dass sie und Bobby seit der Gala miteinander gingen, und angedeutet, dass Sabrina bloß das Objekt eines albernen Scherzes gewesen war – als würde Bobby Meltzer sie wirklich mögen, sie, die Spinnerin, die Verrückte, P.S.

Damals hatte Sabrina angefangen, Fünf-Dollar-Scheine mit kleinen Zetteln in ihren Lieblingsbüchern in der Bücherei zu verstecken, mit Mitteilungen wie »Eine großartige Lektüre wartet auf dich. Lass dich von mir auf etwas einladen« oder »Dieses großartige Buch verdient beim Lesen einen großartigen Snack«. Zu wissen, einem anderen Menschen den Tag verschönert zu haben, hatte ihr den Tag ebenfalls verschönert. Und genau das hatte sie auch gemacht, als Ray in der Bücherei über sie gestolpert war. Es hatte sie aufgeheitert, ein paar Fünf-Dollar-Scheine in ein paar Bücher zu legen, und das war es mehr als wert gewesen. Freundlichkeit hatte kein Preisschild.

»Geht's dir gut, Liebes?« Ihre Mutter nippte an ihrem schwarzen Kaffee, behielt Sabrina jedoch im Auge.

»Ich schätze, ja. Ich muss noch ein paar E-Mails beantworten.«

Das musste sie nicht, aber sie brauchte eine Entschuldigung, um die Küche zu verlassen. Wenn sie blieb, würde ihre Mutter merken, dass mehr hinter ihrer Angst steckte. Oben an der Treppe wartete Molly; sie trug ein fließendes, ärmelloses blaugrünes Kleid, das ihr bis zu den Knöcheln reichte, die Art, die Ginger Rogers tragen würde, während sie durch einen Ballsaal wirbelte.

»Chic«, sagte Sabrina.

Molly wirbelte herum. »Ich habe es in einem Film gesehen und wollte mal testen, ob es mir steht. Gefällt es dir?«

»Es ist wunderschön.«

Als Sabrina in ihr Zimmer ging, folgte Molly ihr.

Sabrina tauschte ihren Schlafanzug gegen ein bequemes

Sommerkleid aus dunkelblauem Baumwolljersey, dann setzte sie sich auf ihr Bett und starrte in den Raum, da aus ihrem hypothetischen Dilemma ein reales geworden war.

»Und wenn Erika herausfindet, dass er mich geküsst hat? Dann verliere ich meinen Job. Was mache ich dann?«

»Spekulationen bringen dich hier nicht weiter, Schätzchen. Du musst der Sache auf den Grund gehen, sonst kommst du nicht weiter. Soll ich ihr hinterherlaufen und herausfinden, was sie wirklich weiß?« Molly setzte sich neben sie.

»Nein.« Die Antwort kam schnell, bevor sie darüber nachgedacht hatte. Was vielleicht besser gewesen wäre. Wenn sie die Wahrheit kannte, war sie vorbereitet und würde nicht überrumpelt werden. »Nein, das wäre falsch.«

»Du weißt, dass deine Eltern dir helfen würden.«

Sabrina ließ sich zurück auf ihr Bett fallen. »Ich nehme nichts von ihrer Altersvorsorge. Es war meine Entscheidung, mehr auszugeben, als sie für meine Ausbildung gespart hatten. Wenn ich hiergeblieben oder nicht auf die Uni gegangen wäre … Wenn ich die Sachen anders angegangen wäre …«

Die Reue brannte in ihr. Sie würde kein Geld mehr von ihren Eltern annehmen. Sie hatte nicht viel, aber sie hatte immer noch ein bisschen Stolz, der sich irgendwo in ihrem Kinderzimmer versteckte, in dem sie jetzt schlief.

Molly zuckte die Schultern und spielte an dem Band um ihre Taille. Man vergaß leicht, dass sie nicht real war. Sabrina musste ganz genau hinschauen, um den Dunstschleier zu sehen. Bei neueren Geistern war er deutlicher, doch Molly war schon so lange hier, dass sie mehr Substanz hatte. Würde sie jemals so stark werden, dass jemand, auf dem nicht der Fluch ihrer Familie lastete, sie sehen konnte?

»Ich muss dir etwas erzählen. Etwas Positives, versprochen«, sagte Molly.

Sabrina nickte.

»Ray mag dich. Ich habe ihn im *Otter Club* beobachtet. Er hat dich keine Sekunde aus den Augen gelassen.«

»Und was ist daran positiv?« Doch Sabrina hatte Schmetterlinge im Bauch, als sie das hörte, auch wenn sie es nie zugeben würde.

»Gönn dir ein bisschen Spaß. Ein Sommerflirt würde dir guttun.«

»Kennst du mich überhaupt? Ich flirte nicht. Flirts gehen schief oder gedeihen prächtig, und weder das eine noch das andere ist den Stress wert.«

Sabrina saß auf ihrem Bett, öffnete ihren Laptop und klickte eine Tabelle an. Sie gab die zehn Dollar ein, die sie für die Zettel in der Bücherei ausgegeben hatte. Der Anblick der vielen hohen roten Zahlen löschte jegliche Freude über ihre Zettel aus. Mehr Gutes konnte sie nicht tun. Irgendwann musste das Universum ihr doch helfen, oder? Aus reiner Neugier gab sie den Verdienst ein, den Ray auf die Serviette geschrieben hatte, nur um zu sehen, was passierte. Eine Spalte veränderte sich von rot zu schwarz, und die höchste Zahl wurde fast überschaubar. Aber sie würde Rays Angebot nicht annehmen. Sie änderte die Zahlen wieder und schloss die Tabelle, dann suchte sie auf ihren mit Lesezeichen versehenen Seiten nach einer freien Stelle wie nach einer Nähnadel in einem Heuhaufen. Und dann war sie da, die Nähnadel – eine Website mit einem Stellenangebot in Washington D.C.

Dem Universum gebührte Dank. Wenn sie Endes des Sommers einen Job hatte, konnte sie hier weg. Dann war es egal, was Erika dachte.

Sie schickte ihren Lebenslauf an die Adresse und betete, zu einem Vorstellungsgespräch eingeladen zu werden. Schließlich konnte sie nicht den ganzen Tag bloß herumsitzen. Sie zählte das Geld in ihrem Trinkgeldglas, sortierte die 25-Cent-Stücke aus, ließ eine Handvoll in die Tasche ihres Kleids gleiten und machte sich auf zu einem Spaziergang.

14

vierzehn

Am nächsten Tag erschien Sabrina früh auf der Arbeit und schlich sich in die Werkstatt der Mechaniker, wo sie eine Schachtel mit Donuts deponierte, bevor irgendjemand kam. Sie sah nach Norman, versicherte sich, dass er sauber war, und fuhr ihn für die Touren an die vorderste Stelle. Wenn sie um acht öffneten, würde sie mit der ersten Gruppe aufbrechen und hoffentlich den ganzen Tag über ausgebucht sein. Je weniger Zeit sie am Kai verbrachte, desto geringer war die Chance, Erika zu treffen.

Da es noch ziemlich kühl war an diesem Junimorgen, trug sie eine flauschige weiße Fleecejacke über dem vorschriftsmäßigen weißen Poloshirt. Sie hatte ihr Haar zu zwei Zöpfen geflochten, die unter ihrem gelben Hut hervorguckten. Nachdem sie den ganzen Sonntag damit verbracht hatte, den Samstagabend immer wieder in Gedanken durchzuspielen, von Rays köstlichem Cocktail über Bobbys grauenhaften Kuss (der jedes Mal grauenhafter wurde, wenn sie daran dachte) bis hin zu Mrs. Smoots Aufforderung, Mr. Smoot eine runterzuhauen, schwelte Sabrinas Angst um eine lebhafte Fünf, bereit, bei der kleinsten Irritation in die Höhe zu schnellen.

Norman setzte sich mit einem stürmischen Rumpeln in Bewegung, das in ein beruhigendes Tuckern überging. Sie schaltete einen Gang herunter und fuhr über den Parkplatz zu der leeren Rampe. Immer wenn jemand aus dem Büro kam, spannten sich ihre Schultern an, um sich dann wieder zu entspannen, wenn es nicht Erika war, wobei ihre Angst jedes Mal auf eine satte Acht anstieg, ehe sie wieder auf eine Fünf hinunterging. Es machte sie fertig, dabei sollte sie sich wirklich keine Sorgen machen. Erika tauchte nur selten vor neun Uhr auf, und wenn der Tag erst richtig angelaufen war, konnte sie sie nicht zur Rede stellen.

Es waren bloß noch zehn Minuten, und Sabrina wurde ruhiger. Nach und nach füllte sich der Parkplatz mit Kunden, und ein paar weitere Ducks bezogen Position hinter Norman. Sie winkte Josh und Kyle zu, zwei Collegeschülern aus Madison, die den Sommer über hier arbeiteten. Sie waren recht nett, wenn auch ein bisschen jung. Sie machten mit Wasserskifahrern Party, veranstalteten wilde Feten in ihren kleinen Häusern, die für gewöhnlich mit verschwundenen Klamotten und einem Filmriss endeten, aber sie schafften es immer pünktlich zur Arbeit, woher also nahm sie das Recht zu urteilen?

»Das gehört nicht zur Uniform.« Erika war eingetroffen. Mist. Sie stieg über die Kette und kam an Bord. Sabrina trat einen Schritt zurück, als Erika den Gang zum Fahrersitz auf sie zugestürmt kam. »Zieh das aus.«

Sabrina wollte Einwände erheben, ihr sagen, dass sie die Jacke auszog, wenn die Tour begann. Sie passte zum Rest der Uniform, es fehlte nur die kleine gelbe Ente. Im Gegensatz zu den roten Hoodies von Josh und Kyle – die zu der Farbe ihres Konkurrenten passten. Erika würdigte sie nicht einmal eines Blickes.

Sabrina bekam kein Wort zu ihrer Verteidigung heraus. Sie nickte und zog die Fleecejacke aus und stopfte sie in ihren Rucksack, den sie unter den Klappsitz geschoben hatte. Als sie sich wieder aufrichtete, war Erika immer noch da und sah sie an.

»Du hast Samstag Bobby getroffen.«

Es war keine Frage. »Ja. Im *Otter Club*. Herzlichen Glückwunsch zur Verlobung.«

»Als hättest du das nicht schon gewusst.« Sie schnaubte und verschränkte die Arme vor der Brust, wobei sie darauf achtete, dass ihre linke Hand gut zu sehen war. Sabrina wusste nicht, wie sie den Klunker an ihrem Finger nicht hätte bemerken können, doch jetzt war er unübersehbar.

»Meine Mutter hat es mir erst gestern gesagt.«

Erika sah sie mit finsterer Miene an. Was hatte sie Falsches gesagt? Sie wiederholte sich die Worte noch einmal und realisierte, gerade zugegeben zu haben, dass Bobby die Verlobung ihr gegenüber nicht erwähnt hatte. Erika kniff die Augen zusammen, ehe sie den Kopf zur Seite neigte und lächelte. Sabrina wappnete sich für was immer jetzt kommen mochte. Sie hatte diesen Blick so oft auf der Highschool gesehen, unmittelbar bevor Erika sich von ihrer schlechtesten Seite zeigte und sich auf ihr Opfer stürzte. Erika konnte nicht anders – Schwäche zog sie an. Sie konnte einfach nicht anders.

»Ich bin mir sicher, dass sie dich nicht traurig machen wollte. Es ist das Gesprächsthema überhaupt. Alle sind eingeladen.« Sabrina war nicht eingeladen. Nicht, dass sie das gewollt hätte, doch das war eine andere Sache. »Bobby bettelt mich die ganze Zeit an, mit ihm durchzubrennen. Er kann es einfach nicht abwarten, dass ich seine Frau werde. Er ist so verliebt.«

Ja, klar war er das.

»Du kannst ihn haben«, sagte Sabrina, während sie ihr Headset aufsetzte und auf die Leute zeigte, die darauf warteten, an Bord zu kommen.

Erika kniff wieder die Augen zusammen, doch sie ging ohne einen weiteren Kommentar.

Was sollte das heißen? War sie jetzt besänftigt oder ihr Groll gegen Sabrina nur noch größer?

Selbst nach Erikas Abgang konnte sie sich nicht beruhigen. Sie schaffte das. *Tief durchatmen. Konzentrier dich auf den nächsten Moment.* Die Anspannung ließ nach.

Sabrina begann mit ihrer Standardansprache, und der Instinkt übernahm die Führung, während die Gäste an Bord kamen und ihre Plätze einnahmen. Erika wusste, dass Bobby sie geküsst hatte. Sabrina wusste, dass sie es wusste. Aber hatte sie es erraten, oder hatte es ihr jemand erzählt? Sie traute es Bobby glatt zu, dass er damit herausgeplatzt war – er konnte so dämlich sein. Wenn Erika dachte, dass sie Bobby zurückhaben wollte, würde sie ihren Job verlieren. Zu dieser Zeit des Sommers waren alle gut bezahlten Jobs weg, und Sabrina konnte es sich nicht leisten, für einen Mindestlohn zu arbeiten.

In Erikas Gedankenwelt wollte jeder, der Single war (selbst ein Mann), ihr Bobby abspenstig machen. Okay, sie durfte einfach nicht mehr Single sein. Sie könnte so tun, als wäre sie noch mit Charles zusammen, doch Erika musste ihn nur googeln, um auf die glücklichen Bilder mit seiner großartigen Lobbyistin zu stoßen (#NoStrawLeftBehind), und dann würde sie wissen, dass Sabrina log. Sie brauchte jemanden, den es wirklich gab und der von hier war. Alle Typen, die für die Real Dells Ducky Tours arbeiteten, waren zu jung und etwas zu abenteuerlustig für sie. Sie brauchte jemanden, bei dem es glaubwürdig war, dass er mit ihr zusammen war. Nicht jemanden, mit dem sie auf die Highschool gegangen war. Nicht einen der Collegetypen, die wegen der Partys hier waren. Sie ging die Kerle durch, die sie kannte, inklusive der flüchtigen Bekanntschaften. Es kam nur einer infrage.

Ray.

15

fünfzehn

Ray hörte das Knirschen auf dem Kies des Parkplatzes. Außer den Köchen, die bereits seit Stunden an der Arbeit waren, sollte niemand so früh am Tag hier sein. Er legte den Hammer hin und wischte sich mit seinem verblassten grauen T-Shirt den Schweiß aus dem Gesicht, sodass die Vorderseite feucht wurde und an der Haut klebte.

Wenn er den Holzzaun repariert hatte, der seine Gäste und ihre umherstreifenden Kinder von dem Fluss fernhalten sollte, würde er sich eine wohlverdiente Dusche gönnen. Der Stapel mit den Holzplanken, die darauf warteten, an die Pfosten genagelt zu werden, entlockte ihm ein Stöhnen. Ein zwei Meter vierzig langes Brett festzuhalten und zehn Zentimeter lange Nägel hineinzuschlagen, war für ihn eine Geduldsprobe. Er wollte das hier zu Ende bringen und die Küchenmannschaft nicht damit behelligen, die Wichtigeres zu tun hatte. Doch zuerst musste er sich um diesen Störenfried kümmern. Er ging um den Supper Club herum und sah eine Frau an der Türklinke ziehen.

»Entschuldigung, wir haben geschlossen. Wir machen um vier auf.«

Die Frau zuckte zusammen und drehte sich zu ihm um.

Sabrina.

Er schob schnell seine Brille auf die Nase hoch.

»Oh.« Sabrina starrte ihn mit großen Augen an.

»Entschuldigung, wenn ich Sie erschreckt habe. Ich hoffe, Sie haben nicht vor, mit weiteren Drinks nach meinen Gästen zu werfen.«

Sie klopfte sich auf die Beine und nickte ein paarmal, bevor sie seinem Blick begegnete. Dichte Wimpern umrahmten ihre bernsteinfarbenen Augen – die Farbe des Brandys, den er neulich abends getrunken hatte; deshalb war ihm die Farbe so bekannt vorgekommen. Man konnte davon betrunken werden, sie anzusehen, und er brauchte einen Drink. Er trat einen Schritt näher.

»Nein, heute nicht.« Ihre Hände zitterten, als sie eine auf Abwege geratene Locke zurückstrich, die ihr in die Stirn gefallen war. Es gefiel ihm nicht, dass sie in seiner Nähe nervös war.

»Es ist okay. Wirklich. Ich habe gehört, dass er es verdient hat.«

»Das hat er.« Die Worte kamen abgehackt, als würde sie sie am liebsten zurücknehmen. Sie runzelte die Stirn, dann holte sie tief Luft. »Können wir reden? Ich habe versucht anzurufen, aber es ist niemand drangegangen.«

Die Worte purzelten aus ihr heraus, und Ray brauchte einen Moment, um zu realisieren, was sie eigentlich gesagt hatte.

»Ich habe das Handy drinnen gelassen. So werde ich schneller mit der Arbeit fertig. Können wir reden, während ich den Zaun weiter repariere? Wenn Sie mir die Bretter halten, komme ich für die Drinks auf.«

»Abgemacht.« Sie lächelte. Sie hatte ein schönes Lächeln, eins, das nicht überbeansprucht wurde, was es sehr viel kostbarer machte.

Sie gingen um das Haus herum.

Sabrina blieb stehen und nahm die Aussicht in sich auf, die er jeden Tag hatte. Es wehte kein Lüftchen, die Luft hing schwer über dem glasklaren Fluss und die Blätter waren so ruhig wie auf einem Gemälde.

»Wie friedlich es hier ist.«

»Das finde ich auch.« Es gefiel ihm, dass sie hier war, auch wenn sie mehr die Ruhe als seine Gesellschaft zu schätzen schien.

Sie holte tief Luft und sah ihn an. Er räusperte sich, aber bevor er etwas sagen konnte, blickte sie nach rechts und schüttelte ganz leicht, fast unmerklich, den Kopf, nur ihre Locken bewegten sich ein wenig. Da war nichts an der Stelle, zu der sie hinsah. Irgendetwas an ihr war anders, über das Übliche hinaus, doch es ging ihn nichts an, es sei denn, sie erzählte es ihm. Und auch dann würde es nichts ändern. Ihre Verschrobenheiten machten sie bloß noch interessanter.

»Wenn Sie dieses Ende festhalten, während ich den Nagel einschlage, würde mir das wirklich sehr helfen«, sagte Ray und nickte zu dem Ende des Bretts hin, das zu ihren Füßen lag.

»Wenn Sie noch einen Hammer haben, helfe ich Ihnen. Dann geht es schneller«, sagte Sabrina.

»Gern.« Er holte noch einen zweiten Hammer und eine Handvoll Nägel aus dem Werkzeugkasten. Sie steckte die Nägel in ihre Tasche und behielt drei in der Hand. Ray schlug den ersten Nagel in sein Ende des Bretts. Als er den dritten eingeschlagen hatte, hatte Sabrina ihr Ende sicher angenagelt und holte weitere Nägel aus ihrer Tasche. Ihre Bewegungen waren sicher. Er griff nach dem nächsten Brett und reichte ihr das eine Ende, sodass sie weiterarbeiten konnten.

»Worüber wollten Sie denn mit mir reden?«, fragte Ray.

Er blickte auf und sah, wie sie rot wurde. Er wünschte, er würde näher neben ihr stehen, um die wunderschöne Rosafärbung ihrer Haut besser sehen zu können. Während ihre Augen weiter auf das Brett vor ihr gerichtet waren und sie mit einem sicheren Schlag einen Nagel hineinschlug, setzte sie zum Sprechen an.

»Sie kennen doch diesen Typen, mit dem ich an der Bar gesprochen habe? Bobby?«

Ray war nicht begeistert, dass ihr Gespräch mit der Erwähnung eines anderen Manns begann. Er hatte gehofft, sie würde zumindest sein Jobangebot annehmen oder sich mit ihm verabreden wollen. Er mochte nicht über diesen Dummkopf reden.

»Ja.« Mehr sagte er lieber nicht.

»Er ist verlobt.«

Ray hörte auf zu hämmern.

»Nicht mit mir«, fuhr Sabrina fort.

Ray lächelte. »Das habe ich mir schon gedacht.«

Sabrina lachte leicht. »Kennen Sie die Hendricks'?«

Ray nickte.

»Er wird die Tochter heiraten, Erika. Wir sind alle zusammen auf die Highschool gegangen. Sie mochte mich damals nicht, und daran hat sich bis heute nichts geändert.«

»Sie soll nicht erfahren, dass er sich an Sie rangemacht hat, habe ich recht?«

Sabrina schauderte. Gut. Er würde auch am liebsten schaudern.

»Ja, das wäre nicht gut. Ich arbeite nämlich für die Real Dells Ducky Tours. Sie ist meine Chefin.«

Ray schlug total daneben und traf seinen Daumen. Automatisch ließ er den Hammer fallen und schüttelte seine verletzte Hand. Sabrina zuckte mitfühlend ebenfalls zusammen.

»Geht es Ihnen gut?« Sie griff nach seiner Hand, drehte sie herum und sah sich die Verletzung an. Durch die Berührung ihrer weichen Hände ließ der Schmerz sofort nach. Er hielt die Luft an, weil er Angst hatte, dass sie bei der kleinsten Bewegung seinerseits ihre Hände zurückziehen würde. Während sie sich den roten Daumen ansah, schaute er sie an. Eine kleine Falte hatte sich zwischen ihren Augen gebildet, und sie hatte die Lippen zusammengepresst. Sie war so ernst.

»Kein Blut. Das ist gut. Können Sie ihn bewegen?« Er beugte den Daumen und widerstand dem Drang zusammenzuzucken. »Wie es aussieht, ist er nicht gebrochen, aber wenn er anfängt, dick zu werden, oder Sie ihn nicht bewegen können, gehen Sie besser zum Arzt.« Sie hielt inne. »Meine Mutter war Krankenschwester, und ich habe zwei ältere Brüder. Da bekommt man so einiges mit.«

Sie ließ seine Hand los, doch das angenehme Gefühl blieb, selbst als er die Hand mehrmals öffnete und wieder schloss.

»Das mache ich.« Er hob den Hammer vom Boden auf, und sie ging zurück an ihr Ende des Bretts, viel zu weit von ihm entfernt. »So, und warum sind Sie vorbeigekommen?«

»Für Erika zählt es nicht, dass ich kein Interesse an Bobby habe. Ich muss sie überzeugen, dass ich gar keinen Grund habe, mit ihm zusammen sein zu wollen.« Sie schwieg. »Ich brauche einen Freund.«

Ray hörte auf zu arbeiten und sah sie an. Sie schwang den Hammer neben ihrem Kopf in der Luft, als wollte sie ein Insekt damit vertreiben. Dieses Gespräch wurde immer besser. Er gab ihr mit der Hand zu verstehen, dass sie weiterreden sollte, um ihr seinen Eifer nicht zu zeigen.

»Würden Sie meinen Freund spielen?«, fuhr Sabrina fort. »Nur spielen. Wir müssten uns ein paarmal in der Öffentlichkeit zeigen, wo man uns sieht. Zum Abendessen ausgehen. Ich könnte nach der Arbeit an der Bar vorbeikommen. Vielleicht könnten Sie mich bei den Ducks abholen. Etwas in der Richtung.« Die Worte strömten in einem Schwall aus ihr heraus wie das Wasser aus diesem riesigen Behälter im Aquapark. »Es wird nicht für lange sein, bloß bis ich einen neuen Job habe und wieder nach Hause ziehe.«

Nach Hause? Ray hatte gedacht, dass ihr Zuhause hier wäre. Wo wollte sie hin?

»Ich verspreche, es wird Sie nicht viel Ihrer Zeit kosten.« Sie sprach immer schneller und holte tief Luft, als sie fertig war.

Er hatte sich Hoffnungen auf ein richtiges Date gemacht. Aber vielleicht … Es war eine Entschuldigung, mehr Zeit mit ihr zu verbringen. Jetzt war er im Vorteil. Sie wollte etwas von ihm. Es war seine Spezialität herauszufinden, was der andere wollte, sodass er bekam, was er wollte, und am Ende alle glücklich waren.

Er nahm das nächste Brett, und sie redete weiter.

»Würden Sie das machen?«

»Vielleicht.« Er sah an ihren Schultern, wie sich etwas von ihrer Anspannung löste. Es gefiel ihm, dass er der Grund dafür war. »Denn wenn ich zustimme, heißt das, dass ich mich während unserer Scharade mit niemand anderem treffen kann.«

»Und es mangelt Ihnen nicht an Angeboten, was?«, platzte sie heraus. Sie riss die Augen auf, als könnte sie selbst nicht glauben, das gerade gesagt zu haben.

Er lächelte. Das war es, was er aus ihr herauskitzeln wollte – dass sie sagte, was sie meinte, ohne sich Gedanken um seine Reaktion zu machen. Er brauchte Zeit, um sie besser kennenzulernen. Sie nagelten das letzte Brett fest. Der Zaun war fertig.

»Sie haben keine Ahnung, wer sich alles um diesen verschwitzten Körper reißen würde.« Er zog an seinem Hemd, und sie lächelte dieses spezielle Lächeln. Das lief gut. »Wie gesagt, das erfordert einen gewissen Einsatz meinerseits, und ich denke schon, dass ich auch etwas davon haben sollte.«

Ihr Rücken verspannte sich. Verdammt. Das war nicht gut rübergekommen.

»Was ich damit sagen will, ist, dass ich Sie bitte, mir bei der Abschiedsgala zu helfen. Ich zahle Ihnen die Summe, über die wir gesprochen haben. Und ich führe Sie gern zu gefakten Dates aus und spiele den verliebten Freund, solange Sie mich brauchen.«

Sabrina biss sich auf die Unterlippe, und das Stirnrunzeln war wieder da.

»Ich helfe Ihnen. Sie helfen mir. Wir bekommen beide, was wir brauchen«, sagte er. »Einverstanden?«

Er streckte ihr die Hand hin. Während sie nachdachte, schloss sie die Augen und wackelte mit den Fingern, als ginge sie Punkte auf einer Liste durch. Ray hielt den Atem an, während er auf ihre Antwort wartete. Würde sie wieder gehen? Als ihre Hand nach seiner griff, atmete er aus. *Ja.* Ihr Griff war fest und warm, selbst im Vergleich zu seinen verschwitzten Handflächen. Er wollte ihre Hand gar nicht mehr loslassen.

»Einverstanden«, sagte sie und befreite ihre Hand aus seiner, während er dem Drang widerstand, sie länger festzuhalten.

»So, und wann soll es losgehen?«, fragte er.

»Je eher, desto besser. Was ist eigentlich mit diesem Drink, auf den Sie mich eingeladen haben?«

Er zeigte auf den Zaun. »Jetzt, wo das erledigt ist, könnten wir in eine der Bars in der Stadt gehen. Wie ich gehört habe, hängen die Ortsansässigen im *Showboat Saloon* ab.«

Sabrina hustete und blickte düster über ihre rechte Schulter. War da etwas, was er nicht sehen konnte?

»Ist das keine gute Wahl?«, fragte Ray.

»Doch, doch, das ist sogar super.« Sabrina zögerte. »Sie machen dort eine gute Pizza.«

»Treffen wir uns in einer Stunde? Ich muss erst einmal duschen.«

Sabrina hustete, als hätte sie sich an etwas verschluckt, nickte aber. Und wurde rot. »Klar. Wir sehen uns dort.«

Als sie ging, lehnte Ray sich gegen den Zaum, den sie zusammen repariert hatten. Er wusste, dass sie mit der Gala gut zusammenarbeiten würden, und die zusätzliche Zeit war genau das, was er brauchte, um ihr zu beweisen, dass das, was er zwischen ihnen spürte, real war. Sabrina kennenzulernen erinnerte ihn an das erste Mal, dass er Trüffel probiert hatte. Mit ihrem starken, kräftigen Aroma waren sie gewöhnungsbedürftig, doch mit jeder neuen Trüffel, mit jedem weiteren Entdecken der differenzierten und erdigen Noten wurden sie interessanter. Die Trüffel war immer perfekt gewesen, es waren seine Geschmacksnerven, die sich hatten entwickeln müssen. Mit Sabrina war es genauso – er wusste, dass die Zeit ihm faszinierende und komplexe Tiefen enthüllen würde, die die meisten Menschen überhaupt nicht wahrnahmen.

Er konnte es kaum abwarten.

*

»Du kannst wohl nicht aufhören, davon zu reden, was?«, sagte Sabrina zu Molly, als sie unter die Dusche trat. Durch die sommerliche Hitze und ihre Nervosität, Ray zu fragen, ob er ihren Freund spielen würde, war sie total verschwitzt.

Molly summte vor Freude auf der anderen Seite des Duschvorhangs. »Ihr hattet eure erste Begegnung, ihr seid euch mehrmals zufällig über den Weg gelaufen, und jetzt tut ihr so, als wärt ihr zusammen. Shakespeare hätte es nicht besser schreiben können.«

»Ich hätte dich nie *10 Dinge, die ich an dir hasse* gucken lassen dürfen.« Sabrina spülte sich die Seife aus dem Gesicht. »Er hilft mir, damit ich meinen Job nicht verliere, und ich helfe ihm, weil er mir sonst nicht helfen würde.«

»Er bezahlt dich dafür, vergiss das nicht.«

»Genau. Das Ganze ist nichts als ein geschäftlicher Deal. Eher wie in *Pretty Woman*.«

»Glaub, was du willst, Schätzchen, aber hier zieht das Schicksal die Fäden. Ich wäre fast gestorben, als er vorgeschlagen hat, dass ihr euch im *Showboat Saloon* trefft.«

»Das habe ich schon gemerkt. Du warst nicht gerade hilfreich. Ich hätte mir mit dem Hammer beinahe auf die Hand gehauen. Er darf nichts von dir wissen.«

Molly blies Luft zwischen den Lippen heraus. »Pah, Unsinn. Ray ist nicht Bobby. Er wird super reagieren, wenn du ihm die Wahrheit sagst. Ich weiß so etwas.«

»Und woher weißt du das?« Sabrina trat aus der Dusche und wickelte sich in ein großes Handtuch.

Molly folgte ihr ins Schlafzimmer. »Ich weiß das, weil ich die weise beste Freundin bin, die immer weiß, was Sache ist.«

»Was das ›weise‹ angeht, bin ich mir nicht so sicher.«

Sie bemühte sich, den winzigen aufgeregten Funken zu ignorieren, der in ihrer Brust flackerte, doch der Gedanke, wie Rays T-Shirt an seiner Brust geklebt hatte, heizte ihn nur noch mehr an. Sie hatte nicht die Absicht, Ray wirklich zu daten, aber Mollys Aufregung war ansteckend. Was würde passieren, wenn sie sich wirklich ineinander verliebten und der Sommer zu Ende ging? Sie würde zurück in den Osten gehen, und er würde hierbleiben. Der Funke wurde schwächer, und ihre Stimmung verschlechterte sich angesichts der realen Gegebenheiten. Es bestand kein Grund, aufgeregt zu sein.

»Versprich mir, dass du dich amüsierst.« Sabrina hielt ihren kleinen Finger hoch, und Molly stupste ihn mit ihrem an.

Das war rein geschäftlich, und sie war die Julia-Roberts-Figur in diesem Szenario minus des Nutten-Teils. Sabrina holte tief Luft, schlüpfte in ein Kleid und sah in den Spiegel. Konzentrier dich auf das Geld, häufe es an, tilge deine Kreditkartenschulden, bezahl dein Darlehen ab und sieh zu, dass du aus Wisconsin Dells wegkommst. Bleib dran.

Molly bekam von Sabrinas ernüchternder Rückkehr in die Realität nichts mit und träumte weiter. Manchmal beneidete Sabrina sie. Nicht darum, dass sie tot war, sondern darum, dass sie die Welt unbemerkt beobachten konnte. Sie konnte mit niemandem interagieren, und trotzdem machte sie das Beste daraus. Sie fand Freude, sie fand Glück, sie hatte ein Leben mit Sabrinas Familie gefunden, relativ gesehen. Trotz der vielen Jahre, die sie schon herumgeisterte, hatte sie immer noch etwas Unschuldiges an sich. Sie konzentrierte sich nie lange auf das Schlechte, sah nur das Gute und drückte die Daumen, dass es ein Happy End gab. Was nicht oft der Fall war, wie Sabrina wusste. Wäre das nicht so, hätte Molly ihres gefunden.

Sabrina holte noch ein paar weitere Outfits heraus, legte sie auf das Bett und hielt sich jedes an, während sie die Möglichkeiten eingrenzte und Mollys süffisantes Grinsen ignorierte.

Sie hatte keinen Hintergedanken bei dem grünen Sommerkleid, für das sie sich schließlich entschied. Oder bei dem

Lipgloss und der Mascara. Sie ging in eine Bar, und es schien ihr angemessen, sich ein wenig chic zu machen. Es hatte nichts mit Ray und seinen funkelnden blauen Augen und seiner weichen Stimme zu tun oder mit der Art, wie die Muskeln seines Unterarms spielten, wenn er einen Hammer schwang. Außerdem musste sie so aussehen, als hätten sie ein romantisches Date, wenn die Leute ihrer kleinen Scharade Glauben schenken sollten.

16

sechzehn

Für gewöhnlich mied Molly den *Showboat Saloon* – oder *Geist Mollys Showboat Saloon*, wie an der Seite des Gebäudes zu lesen war. Das Einzige, was daran stimmte, war, dass sie hier gelebt und gearbeitet hatte – und dass sie als Geist ein einziges Mal eine Tür zugeschlagen hatte. Es hatte nur dieses eine Mal gegeben – aber es wurde immer noch behauptet, sie hätte den Ort heimgesucht, obwohl sie bloß selten dort war. Zu viele Erinnerungen waren damit verbunden. Die einzigen Orte, an denen sich permanent Geister aufhielten, waren der Friedhof und das Haus der Monroes.

Es war schwer, in der Gegenwart zu leben, wenn die Vergangenheit derart präsent war wie hier. Aber Molly wollte Sabrinas und Rays erstes Date auf keinen Fall verpassen, ob es nun ein echtes Date war oder nicht. Warum sah Sabrina das nicht? Die Anziehung zwischen ihnen war doch offensichtlich!

Ray und Sabrina saßen an der Bar ihr gegenüber, Bier und eine halb aufgegessene Pizza vor sich. Während sie über die Abschiedsgala und was alles zu tun war sprachen, schlenderte Molly durch die Bar, um sich zu beschäftigen, bis die beiden irgendetwas Interessantes machten. Sie erinnerte sich, wie es hier früher ausgesehen hatte, als sie noch lebte.

Dort, wo jetzt die Bar war, hatten weiße Tische mit Marmorplatten gestanden, eine Auslage mit Süßigkeiten hatte die nördliche Wand zwischen den Fenstern eingenommen und ein Getränkespender die Ostwand. Es hatte nach Schokolade und Malzpulver gerochen. Tagsüber hatte sie gekellnert und Süßigkeiten an die Ladies aus Wisconsin Dells und ihre Kinder verkauft, während sich abends ihr Job und die Klientel veränderten. Das Licht war gedimmt, und die Türen waren geschlossen, doch unter dem Laden gab es ein Labyrinth aus kleinen, vornehm eingerichteten Räumen mit roten Samtstühlen und dicken Teppichen, um den Geräuschpegel niedrig zu halten. Das *Hidden Hiawatha's* war der Ort, wo man etwas Stärkeres bekam als die sprudelnde Limonade und das Eis, die oben angeboten wurden – ein offenes Geheimnis für diejenigen, die sich immer noch die teuren Drinks leisten konnten.

Damals waren in der Gasse hinter dem Gebäude zwei Türen gewesen. Die eine führte zu den Büros und Wohnungen oben, einschließlich ihrer eigenen, die andere in das Hinterzimmer des Süßwarenladens, wo sie die Schokoladen gossen und auf einem schweren Holzregal alle Vorräte für den Getränkespender lagerten. Leute, die in die illegale Kneipe wollten, klopften an diese Tür und nannten das Passwort »Hiawatha«, damit Benny, der Türsteher, ihnen aufmachte. In dem Lagerraum gab es wie an vielen Orten zur Zeit der Prohibition – selbst in Wohnhäusern – einen geheimen Raum. Das schwere Holzregal schwang auf und gab eine dunkle Holztreppe frei, die zu dem Raumlabyrinth unten führte.

Männer sahen auf ihrem Heimweg von der Arbeit oder nach dem Abendessen vorbei und bekamen ab und zu Gesellschaft von einer Frau, die sich am Rand der anständigen Gesellschaft bewegte. Sie alle kamen aus dem gleichen Grund: Fusel. Mr. Oliver, ihr Boss, hatte Beziehungen, und Molly stellte nie Fragen, woher die Kisten mit den Flaschen kamen, doch sie hatte eins und eins zusammengezählt, als Al Capone vorbeischaute. Er hatte reichlich Trinkgeld gegeben.

An dem Abend, an dem sie ihrer großen Liebe begegnete, trug sie ein ärmelloses schwarzes Spitzenkleid mit einer tiefen Taille und hatte eine lange schwarze Feder um den Kopf, die ihre blonden Locken betonte. Ein neuer Tisch war besetzt worden, und Molly eilte herbei, um die Bestellung aufzunehmen. Beim Durchqueren des Raums stellte sie ein paar schmutzige Gläser auf ihr Tablett, immer darauf bedacht, nicht ganz so viele Schritte machen zu müssen.

»Guten Abend, was kann ich Ihnen …?«, setzte sie an, ohne den Satz zu beenden, weil es ihr beim Anblick des äußerst attraktiven Mannes die Sprache verschlug. Er war groß, hatte dickes dunkles Haar und einen schmalen Oberlippenbart. Er trug einen eleganten dunklen Nadelstreifenanzug, der von dem Regen auf den Schultern feucht war. Er war in Gesellschaft eines älteren, rundlichen Mannes mit den gleichen blauen Augen, Mr. Jasper. Ihr Tablett neigte sich zur Seite, und die Gläser fielen auf den Boden und gingen zu Bruch.

»Ach, du meine Güte«, sagte sie. Ihr Herz flatterte, als sie sich hinunterbeugte, um die Scherben einzusammeln. Hoffentlich hatte Mr. Oliver nichts gehört.

»Das ziehe ich dir von deinem Lohn ab, Molly.« Mr. Oliver kam aus einem Hinterzimmer, wo illegaler Fusel ausgeschenkt wurde. Als er die beiden Gäste sah, blieb er stehen. »Mr. Jasper. Und Raymond, ich wusste nicht, dass Sie zurück sind.«

»Heute Morgen angekommen«, sagte Raymond. »Und bitte, lassen Sie mich die Gläser bezahlen. Ich habe Sie erschreckt, Miss …« Er ließ den Satz in der Luft hängen in der Hoffnung, dass sie ihm ihren Namen nannte.

»Cantor. Miss Cantor.« Molly streckte ihm ihre Hand hin; es kümmerte sie nicht, dass das ein bisschen zudringlich war.

»Meine Leute lassen dauernd Dinge fallen, Sie müssen das nicht bezahlen.«

»Miss Cantor, wie schön, Sie kennenzulernen. Es tut mir furchtbar leid, dass ich Sie erschreckt habe. Ich bestehe darauf, das zu bezahlen. Entweder Sie nehmen es jetzt an, oder ich gebe Ihnen ein außergewöhnlich hohes Trinkgeld.«

»Das können Sie auf jeden Fall.« Mollys Lächeln wurde breiter, da sie wusste, dass das ihre Grübchen zur Geltung brachte.

»Molly«, schimpfte Mr. Oliver, während er einen riesigen Wirbel um die Männer machte.

»Wir brauchen einen guten Brandy«, sage Mr. Jasper. »Nicht dieses schwarz gebrannte Zeug, das Mr. Oliver versucht, als trinkbar auszugeben. Wir feiern den Hochschulabschluss meines Sohnes. Raymond ist ein gebildeter Mann.«

Raymonds strahlend blaue Augen begegneten ihren, und es war um sie geschehen. Ein Moment verging, bevor Mr. Oliver sie daran erinnerte, dass sie ihrer Arbeit nachzugehen hatte.

»Mach jetzt weiter!«, wies er sie an.

Sie beeilte sich, die Getränke zu holen, und servierte sie ihnen, doch den ganzen restlichen Abend nahm sie jede Gelegenheit wahr, in seine Richtung zu schauen. Jedes Mal begegnete sein Blick ihrem. Wie versprochen gab er ein großzügiges Trinkgeld, als er zahlte.

Am nächsten Abend kam er allein zurück, setzte sich an denselben Tisch und trank einen Brandy.

Die üblichen Gäste trafen ein, einschließlich des Stadtsäufers, Mr. Henson, der abwechselnd die verschiedenen Etablissements besuchte, die Wege gefunden hatten, die Prohibition zu umgehen. Die Drogerie verkaufte Whiskey, wenn man ein Rezept von Dr. Schimms hatte, und falls das nicht der Fall war, Magenbitter. Ein paar andere schenkten illegalen Fusel aus, den sie in ihren eigenen Brennereien herstellten, faulig schmeckendes Zeug, das die Magenbitter aus der Drogerie erfrischend munden ließ.

Solange Mr. Henson seinen Drink bekam, war er verträglich, doch heute Abend war ihm früher als üblich das Geld ausgegangen. Normalerweise kam Mr. Oliver mit ihm zurecht, aber er hatte früh nach Hause gehen müssen, weil seine Schwiegermutter zu Besuch war und sie nichts von dem *Hidden Hiawatha's* wusste. Deshalb mussten Molly und Benny allein mit den Gästen klarkommen. Obwohl Benny die Treppe hoch hinter dem Regal war, hatte sie einen Buzzer, falls jemand Schwierigkeiten machte. Nachdem sie Mr. Henson nach drei Shots bremsen musste, tat er das.

»Was heißt das, dass ich nichts mehr kriege?«

»Es tut mir leid, Mr. Henson. Ich kann Ihnen nichts umsonst geben. Mr. Oliver entgeht nichts. Ich gebe Ihnen noch einen, dann müssen Sie gehen.« Molly goss ihm noch ein Glas von dem billigen Zeug ein, doch er griff nach ihrem Handgelenk, wobei sein fester Griff ihr die Knochen zu brechen drohte.

»Arrogante Kuh. Du glaubst wohl, du bist zu gut, um mich zu bedienen.«

Er riss ihr die Flasche aus der Hand, und sie stolperte gegen die Wand, wobei ein paar weitere Gläser zu Bruch gingen. Das würde sie noch mehr von ihrem Lohn kosten. Nun war sie wütend. Bevor sie allerdings den Knopf drücken konnte, der Benny herbeirufen würde, sprang Raymond von seinem Platz auf.

»Das reicht jetzt, Mr. Henson. Sie gehen besser.«

Mr. Henson sah das anders. Er schwang die Flasche in Richtung von Raymonds Kopf, aber der duckte sich, griff mit einer flinken Bewegung nach der Flasche und drehte Mr. Henson den Arm auf den Rücken. Molly drückte den Buzzer.

»Raus mit Ihnen!«, sagte Raymond.

Benny kam die Treppe heruntergepoltert, griff Mr. Henson hinten am Mantel und trug ihn die Treppe hoch wie ein Stück Gepäck.

Nun waren sie allein.

»Danke, Mr. Jasper.«

»Raymond, bitte nennen Sie mich Raymond, Miss Cantor.«

Molly wurde rot. Er nannte ihr seinen Vornamen.

»Dann sagen Sie aber auch Molly zu mir.«

Er nickte, sagte allerdings nichts, sondern beobachtete sie nur. Molly musste sich beschäftigen, ehe sie etwas Dummes sagte. Sie sagte immer dumme Dinge im unpassendsten Moment. Sie griff nach den wenigen noch intakten Gläsern, stellte die Flasche weg und kehrte die Scherben zusammen. Als das getan war, hätte sie nach Hause gehen können, doch Raymond saß nach wie vor mit seinem Brandy an seinem Tisch.

»Zeit zu verschwinden, Schätzchen«, sagte Molly.

Er erhob sich von seinem Stuhl und gab ihr sein Glas zusammen mit zu vielen Geldscheinen.

Sie schüttelte den Kopf. »Das ist zu viel.«

»Das ist für die zerbrochenen Gläser.«

»Das kann ich nicht annehmen.«

»Es ist nicht für Sie. Es ist für Mr. Oliver.«

Sie verdrehte die Augen. »Das ist reine Semantik.«

Raymond lächelte. »Semantik. Das ist kein Vokabular, das ich von einer Kellnerin erwartet hätte.«

»In mir steckt mehr, als mich mit Fusel und zerbrochenen Gläsern abzugeben.«

»Darauf möchte ich wetten.« Er hielt inne. »Molly.« Er hielt erneut inne. »Molly.«

Er sagte ihren Namen, als würde er eine neue Speise probieren, ließ das neue Gefühl sich in seinem Mund ausbreiten, die sich verändernden Aromen über seine Zunge rollen und in seine anderen Sinne sickern.

Sie stellte sein Glas hinter die Bar, wo sie es morgen spülen würde. Er stand immer noch da.

»Kann ich sonst noch etwas für Sie tun?«

Er nickte ein paarmal, als müsste er seinen ganzen Mut zusammennehmen, dann fand er endlich seine Sprache wieder. »Ich habe gehofft, dass Sie mir erlauben, Sie nach Hause zu begleiten, Molly.«

Ihr Herz klopfte schneller, und ihre Wangen wurden heiß. Jetzt war es an ihr, eine Antwort herauszubringen.

»Oh, ja, sicher. Ich wäre dann so weit.«

»Haben Sie keinen Mantel?«

»Es ist nicht weit.«

Sie stiegen die Treppe hoch, und sie verabschiedete sich von Benny, der ihr zunickte. Raymond trat als Erster aus der Tür und versicherte sich, dass Mr. Henson nicht noch da war. Sie schloss die Tür hinter ihnen und machte fünf Schritte nach rechts, wo sie vor ihrer Wohnungstür stehen blieb und ihn in der dunklen Gasse ansah.

»Hier wohne ich.«

Raymond lachte, voll und von Herzen, die Art Lachen, das jeden erwärmte, der es hörte. »Ich hatte gehofft, es wäre ein bisschen weiter.«

»Dann bitten Sie mich um ein richtiges Date.«

War das zu forsch? Während sie schon mal mit den Gästen flirtete, um ein höheres Trinkgeld zu bekommen, tat sie das selten, wenn es ihr ernst war.

»Eine Dame, die weiß, was sie will.« Raymond scharrte mit den Füßen. »Miss Molly, würden Sie mir die Ehre erweisen, Sie zu einem richtigen Date einzuladen?«

Ihr Lächeln breitete sich langsam aus, bevor es ihr gesamtes Gesicht wie einen Sonnenaufgang im Sommer erstrahlen ließ.

»Mit Vergnügen.«

Er trat näher, wobei er sorgfältig darauf achtete, sie nicht zu berühren. Es wäre nicht angemessen gewesen, da sie sich kaum kannten. Aber das würde sich ändern. Sein süßer Atem streifte ihre Wange, und sie konnte die Zitrone in der Seife riechen, die er benutzte.

»Dann bis morgen.« Seine Stimme war weich und sanft in ihrem Ohr und ließ ihre Knie weich genug werden, dass sie nach der Klinke greifen musste, ehe sie total unter ihr nachgaben. Er trat einen Schritt zurück, um ihr Platz zu machen, die Tür zu öffnen und in ihre Wohnung hochzugehen.

Am nächsten Abend kam er zurück. Und am Abend darauf. An ihrem freien Abend lud er sie in eine Show ein. Ein paar Wochen später ließen sie ein Foto im H.H. Bennett Studio machen, um ihre Verlobung zu feiern. Nichts Schickes, nur sie beide. Sie hatten seiner Familie noch nichts gesagt. Sie würden nicht begeistert sein, wenn er in der Öffentlichkeit mit einer Verkäuferin und Kellnerin gesehen würde, noch dazu mit einer, die in einer illegalen Kneipe arbeitete, obwohl sein Vater mehr als gern ihre Beine angegafft hatte, bevor Raymond von Harvard zurückgekehrt war.

Nach dem Fototermin waren sie die Straße hinunter zu ihrer

Wohnung gegangen. An der Tür beugte er sich zu ihr hinunter, um sie auf die Wange zu küssen, doch sie hielt ihn zurück.

»Ich habe etwas für dich. Oben.«

»Ich warte hier unten.« Raymond weigerte sich, ihre Wohnung zu betreten. Er bestand darauf, alles ordnungsgemäß zu machen, damit seine Eltern weniger Munition gegen sie hatten.

Sie eilte die Treppe hinauf, holte das in Papier eingeschlagene Päckchen aus ihrem Schrank und gab es ihm dann.

Während er es auspackte, wippte sie auf den Ballen auf und ab. Sie hatte an ihr Erspartes gehen müssen, aber das war es wert gewesen. Raymond betrachtete das in dunkelgrünen Stoff gebundene Buch mit der goldenen Figur auf dem Cover.

»Das habe ich noch nicht.« Er sah sie ehrfürchtig an.

»Ich weiß. Ich habe dein Dienstmädchen um eine Liste der Oscar-Wilde-Bücher in deinem Regal gebeten. Das Einzige, das fehlte, war *Das Gespenst von Canterville*.«

»Das hättest du nicht tun sollen. Mr. Oliver bezahlt dir nicht genug, um dein Geld für so dumme Dinge auszugeben.«

»Du bist es mehr als wert.« Molly zeigte auf den Titel. »Du kannst an mich denken, wann immer du es siehst. Lass mich dein Gespenst von Canterville sein.«

Raymond küsste sie, lange und langsam, als wollte er sich ihren Geschmack fest einprägen. Ihre Hände suchten seinen Nacken, und sie zog ihn näher zu sich heran.

Mit einem tiefen Seufzer löste Raymond sich von ihr. »Ich möchte, dass du meine Frau wirst.«

»Bald, mein Lieber. Wir müssen es deiner Familie sagen, und dann können wir heiraten, sobald du willst. Ich bin für immer dein.«

Er umfasste ihr Gesicht mit der freien Hand. »Morgen. Wir sagen es ihnen morgen.« Er küsste sie noch einmal auf die Wange. »Ich habe noch nie ein schöneres Geschenk bekommen. Danke.«

Und dann war er weg. Am nächsten Tag ging sie zur Arbeit, aber er rief nicht an und kam auch nicht vorbei. Und am nächsten und übernächsten auch nicht. Am vierten Tag kam sein Vater in den Laden und sagte: »Sie werden ihn nicht wiedersehen«, und ging wieder.

Molly wollte sich nicht daran erinnern, was als Nächstes passiert war.

Sie blinzelte, und die Vergangenheit entschwand. Nur das Hier und Jetzt zählte.

In der Bar war es voll geworden, und eine große Gruppe hatte hinter Sabrina und Ray ihren Platz bezogen – eine Junggesellinnenparty einschließlich einer Braut mit Schleier und Schärpe. Sabrina schrieb auf der Theke etwas in ihr Notizbuch, während Ray sich zu ihr umgedreht hatte und ganz auf sie konzentriert war. Immer wieder einmal schob er den Arm hinter sie, um die betrunkenen Junggesellinnen auf Abstand zu halten, damit sie sie nicht anrempelten. Er berührte sie nie, und Sabrina schien nicht zu merken, dass er sie beschützte. Eine kleine, einfache Geste, doch das waren die, die zählten.

Molly mochte ihn immer mehr. Er wollte keine Gegenleistung. Er wollte lediglich, dass Sabrina bei der Arbeit ungestört war. Es war ein rücksichtsvoller Zug, der Molly alles sagte, was sie über ihn wissen musste. Ray wollte sie oder die Art, wie sie mit der Welt interagierte, nicht ändern, er wollte ihr den Freiraum lassen, den sie brauchte, um sie selbst zu sein.

Und wie bekam sie Sabrina nun dazu, das zu sehen?

17

siebzehn

Nachdem sie einen Schlachtplan für die Abschiedsgala entworfen hatten, mussten Sabrina und Ray bis zum nächsten Tag warten, an dem beide freihatten, um Vorräte zu kaufen. Sabrina hatte angeboten, alles alleine zu besorgen, doch Ray hatte darauf bestanden mitzukommen, um zu bezahlen. Zumindest gebot er ihr keinen Einhalt, als sie immer mehr Teile in den Wagen warf.

Kaum etwas begeisterte Sabrina so sehr, wie Büromaterial für ein neues Projekt auszusuchen – es stand auf ihrer Liste mit Lieblingsbeschäftigungen ganz oben und kam sogar noch vor einem Sommernickerchen in einer Hängematte. Jeder Ordner, jedes Etikett und jedes Notizbuch stand für eine Möglichkeit. Die richtige Auswahl zu treffen, konnte über Erfolg oder Misserfolg entscheiden, und wenn Sabrina eins konnte, war es, weise zu wählen. Fremde Menschen anzurufen und zu interviewen oder mit früheren Schulkameraden von der Highschool zu reden, konnte sie in eine Spirale negativer Gedanken katapultieren und ihr Übelkeit verursachen, doch eine Strategie zu entwerfen und über jeden einzelnen Schritt die Kontrolle zu haben, das liebte sie.

Ihre Hand griff nach ihrem Lieblingsstift in Grün – er schmierte und kleckste nicht, zog eine feine Linie und hörte sich beim Schreiben wie eine Feder an, die über das Papier kratzte. Sie zögerte kurz und erinnerte sich an das letzte Mal, als sie so einen Stift benutzt hatte.

Ihr Magen war in Aufruhr gewesen, als sie mit ihrem Lieblingsstift die Nummer gedrückt hatte. Es war dumm. Sie hatte gewusst, dass es dumm war. Es war nur ein Telefonanruf. Ihr Daumen schwebte über der Ruftaste, während sie einen Kloß im Hals hatte, ihr Herz schneller schlug bei dem Versuch, ihn hinunterzuschlucken, und Druck sich hinter ihren Augen aufbaute. Bevor es zu viel wurde, schaltete sie ihr Handy aus und schob es unter einen Stapel Papiere, als müsste sie den Anruf nicht tätigen, wenn sie es versteckte.

»Sabrina, einen Moment«, sagte ihr Boss über die Trennwand hinweg.

Sie folgte ihm in sein Büro und setzte sich mit trockenem Mund auf den Stuhl vor seinem Schreibtisch.

»Ich muss Sie entlassen«, sagte er.

»Aber meine Story …«

»War gestern fällig. Ich brauche Leute, die sich an Deadlines halten.«

Sabrina nickte benommen. Ein weiterer Job, den sie los war, doch tief in ihrem Inneren, wo all ihre Geheimnisse lebten, die bitteren Erinnerungen, die ihre Zunge verseuchten, wenn sie sie aussprach, war sie erleichtert, keinen weiteren Anruf tätigen zu müssen.

Erst als sie später in die Excel-Tabelle über ihr Budget blickte, hatte sie realisiert, was das eigentlich hieß. Ohne Job würde sie zurück nach Hause nach Wisconsin Dells ziehen müssen.

Und jetzt war sie da und sah sich die Auswahl an Stiften bei Walmart an. Sie griff nach einem Paket blauer Stifte.

Sabrina zog den Wagen näher zu sich heran und stieß einen Seufzer aus angesichts der langweiligen Auswahl an Büroklammern – alle waren traditionell geformt und silbern. Langweilig. Sie warf eine Schachtel in den Wagen.

»Hier sind Klebezettel«, sagte Ray und streckte die Hand nach einem Pack aus.

»Stopp. Du kannst nicht einfach jeden Post-it nehmen.«

Ray erstarrte und zog seinen Arm zurück.

»Du musst dir Gedanken über die Farben machen, wofür du sie verwenden willst und wie viele verschiedene du brauchst. Wir brauchen zum Beispiel fünf verschiedene Farben und noch eine zusätzlich für den Fall, dass eine weitere Kategorie hinzukommt. Wenigstens zwei Pakete von jeder Farbe.« Sabrina tippte sich auf die Unterlippe, dann griff sie nach einer Großpackung mit fünf leuchtenden Blau-, Grün- und Rosatönen plus einem Zweierpack in klassischem Gelb.

»Du bist der Boss«, sagte er.

Sabrina lächelte vor sich hin. Sie warf alles in den Wagen und ging weiter zu den Ordnern. Sie zog schmale Ordner vor – sauber und ordentlich und durch die geringere Größe zur Kürze inspirierend –, doch für ihre Zwecke war ein größerer praktischer. Jetzt stellte sich die Frage: welche Farbe?

Ein Vater mit zwei Kindern trat zu ihr in den Gang und unterbrach ihre Überlegungen. Unter seinen Armen klemmten Toilettenpapier, Windeln und ein Kapuzenhandtuch mit einem Einhorn oder einem Narwal – aus dem Augenwinkel war das schwer zu sagen. Die Kinder tatschten alles an und griffen nach allem, während er einen stetigen Strom aus ängstlichen Anweisungen von sich gab.

»Fass das nicht an. Emma, leg das hin. Vorsichtig, lass es

nicht fallen. Das brauchen wir nicht, Gabe. Wir brauchen nur Umschläge.«

Sabrina zog den Wagen näher zu sich heran, damit er mehr Platz hatte. Das kleine Mädchen, von dem Sabrina annahm, dass es Emma war, drückte einen strahlend blauen Stift an ihre Brust. Sie hatte einen guten Geschmack.

»Nein, Emma. Leg den zurück.«

Der Vater versuchte, mit dem Arm, unter den er die Windeln geklemmt hatte, danach zu greifen, doch erst fiel ihm die Packung mit den Windeln hin, und dann gingen die restlichen Sachen zu Boden. Eine Lawine aus lebensnotwendigen Dingen. Der arme Mann brauchte vier weitere Hände. Sabrina nahm ihre Stifte und Klebezettel aus dem Wagen und gab sie Ray.

»Bitte, nehmen Sie unseren Wagen«, sagte Sabrina zu dem Vater.

Die drei starrten sie an, wobei ihnen gerade erst aufzugehen schien, dass noch andere Leute in dem Gang waren. Im dunklen kurzen Haar des Vaters glänzten silberne Sprenkel – wahrscheinlich waren sie in den letzten Minuten aufgetaucht.

»Brauchen Sie den nicht?«, fragte der Vater schließlich und sah den Wagen begierig an.

»Ich hole mir einen anderen.«

Sabrina hob die Windeln und das Handtuch auf – es war ein Einhorn – und legte alles in den Wagen, bevor er Einwände erheben konnte. Dann ging sie Richtung Eingang, um einen neuen Wagen zu holen. Es dauerte nur wenige Minuten, und Ray wartete dort, wo sie ihn stehen gelassen hatte. Er hielt noch immer ihre Sachen in der Hand. Direkt hinter ihm stand Harry und studierte die bunten Stifte und Marker. Er erschien in der letzten Zeit öfter, tat aber nichts, was ihr half herauszufinden, was er brauchte. Er hing nur herum. Solange er nichts tat, kam sie damit zurecht. Er schien sein Anliegen nach wie vor nicht kommunizieren zu können. Vielleicht wusste er, dass das kommen würde, und wollte in ihrer Nähe sein, wenn es endlich so weit war. Wie konnte sie Ray nach eventuell unerledigten Dingen seines Onkels fragen, ohne ihm erklären zu müssen, warum sie das tat. Würde er überhaupt wissen, was es sein könnte?

»Der Vater hat sich bedankt. Du warst schon verschwunden, deshalb hat er mich gebeten, es an dich weiterzugeben.«

Sabrina schaute auf ihre Füße, während Ray ihre Sachen in den neuen Wagen legte. Als sie aufblickte, stand Harry mitten im Wagen und lächelte sie an. Sie ging um den Wagen herum, sodass sie ihn vorziehen konnte, ohne durch Harry hindurchzugehen.

Wie konnte sie das Gespräch auf Rays Onkel bringen, ohne dass es seltsam wirkte?

»Ich habe dich das nie gefragt, aber hast du deinen Onkel gut gekannt?«

Ray neigte bei der Frage den Kopf zur Seite. »Na ja«, sagte er, »es entwickelte sich langsam. Er hat gern Geschichten erzählt.«

Harry nickte.

Ray lächelte leise. »Und er mochte ein saftiges Steak, obwohl er die meiste Zeit meiner Anwesenheit hier zu krank war, um eins zu essen. Ich wünschte, ich wäre früher gekommen.«

Rays und Harrys Augen hatten den gleichen traurigen Blick. Wie hatte sie nicht sehen können, dass sie verwandt waren?

»Meine Mutter hat erzählt, dass er am Ende sehr krank war«, sagte Sabrina.

»Es hat Tage gegeben, an denen er mich nicht erkannte.«

Harry zeigte auf Ray, dann verschränkte er die Arme vor der Brust.

»Ich bin mir sicher, dass er es in seinem Herzen gewusst hat«, entgegnete Sabrina.

Harry nickte zustimmend.

»Wenn er könnte, würde er es dir sagen.« Sabrina überlegte kurz. »Gibt es noch etwas, von dem du dir wünschst, er hätte es dir gesagt?«

Ray runzelte die Stirn und rieb sich die Wange, während Harrys Aufmerksamkeitsspanne zu Ende war und er durch den Abschnitt mit den Whiteboard-Artikeln hindurch in den nächsten Gang ging.

»Ich hätte gern noch ein paar Sachen von ihm gewusst, aber nichts so Wichtiges. Danke, dass du nach ihm fragst. Die Leute tun das nicht mehr, als hätten sie ihn bereits vergessen. Es ist schön, über ihn zu reden.«

Es war unwahrscheinlich, dass Sabrina ihn in der nächsten Zeit vergessen würde. Sie zuckte die Schultern.

»Du magst das nicht, habe ich recht? Wenn die Leute merken, dass du etwas Nettes getan hast wie eben bei diesem Vater«, sagte Ray.

Er studierte ihr Gesicht, als könne er in ihr lesen wie in einem Buch, wenn er sie nur lange genug ansah. Na dann, viel Glück. Vielleicht konnte er sich dann ja erklären, wie sie tickte.

»Deshalb mache ich das nicht.« Sabrina wandte sich wieder den Ordnern zu.

»Warum dann?«

Sie zog einen weißen Ordner aus dem Regal und legte ihn in den Wagen. Ray wartete auf ihre Erklärung, doch sie konnte sie nicht in Worte fassen. Sie verstand es ja selbst nicht. Also sagte sie ausweichend: »Ich weiß es nicht. Ich bin mir sicher, meine Therapeutin hätte viele Antworten darauf.«

»Du machst eine Therapie?«

Ups. Das hatte sie ihm nicht erzählen wollen. Jetzt wusste er, dass sie verrückt war.

»Nicht hier. Zu Hause in Washington D.C.«

»Oh, ich hatte gehofft, du könntest mir jemanden empfehlen. Seit ich hier bin, will ich zu einem Seelenklempner gehen, hatte aber nicht die Zeit, mich umzuhören.«

Ray wollte eine Therapie machen? Er machte gar keinen labilen Eindruck.

Er redete weiter. »Vielleicht können wir ja einander zuhören, bis wir beide jemanden hier vor Ort gefunden haben.«

Sabrina lachte bei der Idee, das Chaos in ihr mit ihm zu teilen. »Würde ich dich einen Blick in mein Gehirn werfen lassen, wärst du nicht mehr derselbe.«

Ray trat näher an sie heran und legte ihr eine Hand auf den Oberarm. »Ich möchte wissen, wie dein Gehirn funktioniert. Ich möchte alles von dir wissen.«

Äh, Mist.

*

Ray stellte die Walmart-Tüten auf den Tisch im Esszimmer. Es war der einzige Raum im Haus, der nicht von einer dunklen Holzvertäfelung und eingebauten Regalen dominiert wurde. Eine breite weiße Wand wäre eigentlich der perfekte Hintergrund für die Projektplanung gewesen. Sabrina packte die Sachen aus und legte sie in ordentliche Reihen, bevor sie einen Schritt zurücktrat, um ihre Ausbeute zu bewundern. Ray verbarg ein Grinsen hinter der Hand.

»Was ist?«, fragte Sabrina.

Er trat näher zu ihr, legte ihr die Hände auf die Schultern, und sie entzog sich ihm nicht. Eindeutig ein Fortschritt.

»Ich habe noch nie gesehen, dass sich jemand so über Büroartikel freuen kann.«

»Ich bin ein einfaches Mädchen«, sagte sie.

»Das stimmt nicht.« Er beugte sich zu ihr hin. »Du hast so viel mehr zu bieten, als du den Leuten zeigst. Ich will alles wissen.«

Ehe Sabrina darüber nachgrübeln konnte, wie er das gemeint hatte, beugte er sich näher zu ihrem Gesicht hin; seine Augen zeichneten bereits die Kurve ihrer Unterlippe nach und konzentrierten sich auf sein Ziel. Der Moment schien richtig. Sie kamen so gut miteinander aus. Er roch Lavendel und nichts als Lavendel. Ein Parfüm? Ein Shampoo? Er beugte sich noch näher zu ihr hin, sodass ihre Gesichter nur wenige Zentimeter voneinander entfernt waren. Sie hielt den Atem an, und ihre Schultern spannten sich an. Hatte er ihr Interesse falsch verstanden? O Gott. Wie ging er das richtig an?

Ray zog sie in eine Umarmung und klopfte ihr unbeholfen auf den Rücken. »Dass du mir hierbei hilfst, bedeutet mir sehr viel«, sagte er und trat ein Stück zurück, um ihr nicht zu nahe zu kommen.

Sie atmete sichtbar ein und wieder aus. »Sei nicht zu dankbar.« Sie griff nach einem Stift, dann legte sie ihn wieder zurück. »Vergiss nicht, du bezahlst mich dafür.«

Beide lachten leise vor sich hin und ließen den peinlichen Moment vorüberziehen.

»Ray, bist du da? Ich habe dein Auto in der Auffahrt gesehen«, sagte eine Stimme aus der Küche, gefolgt von dem Gesicht von Rick, das im Türrahmen auftauchte. Ray hätte ihm am liebsten eine verpasst, so grinste er, als er Sabrina sah.

»Sabrina, das ist unser Koch, Rick. Er steht der Küche vor.«

»Äh, hi. Ihre Brüder waren mit mir auf der Highschool.«

Sie griff nach der ausgestreckten Hand und schüttelte sie kurz. »Schön, Sie kennenzulernen.«

Rick wartete, dass noch etwas kam, doch Ray wusste es besser. Er musste Rick von Sabrina wegbekommen.

»Kann ich dir mit irgendetwas helfen, Rick?«

Rick sah immer noch Sabrina an, die sich wieder den Bürovorräten auf dem Tisch zugewandt hatte.

»Ich wollte die Tageskarte mit dir besprechen. Ich habe ein paar neue Ideen. Mir war nicht klar, dass du nicht allein bist.« Er wackelte mit den Augenbrauen.

Verdammt. Er wollte nicht, dass Sabrina Ricks albernes Benehmen mitbekam und das falsch verstand. Er konnte auch ohne Ricks Hilfe alles vermasseln.

»Ich sollte mich auf den Heimweg machen«, sagte sie und griff nach einem Stapel Klebezettel und dem Ordner. »Ich fange schon mal mit der Vorplanung an. Falls ich Fragen habe, lasse ich dich das wissen, dann können wir sie in ein paar Tagen durchgehen.« Sie war aus der Tür, bevor Ray oder Rick sich verabschieden konnten.

»Vorplanung? Nennen die Kids das heute so?«, sagte Rick.

Ray folgte ihm in die Küche. »Halt die Klappe, du Idiot. Da läuft nichts.«

»Ich hatte den Eindruck, du hättest nichts dagegen, wenn es anders wäre.«

»Ist das so offensichtlich?«, fragte Ray.

»Das war das erste Mal, dass ich wirklich gedacht habe, jetzt reißt du mir den Kopf ab, dabei habe ich sie nur angesehen. Sie sagt nicht viel, oder?«

»Sie ist fremden Leuten gegenüber schüchtern.«

Ray strahlte verhalten angesichts der Tatsache, dass er für Sabrina kein Fremder mehr war. Sie hatten kein Problem, miteinander zu reden. Das Selbstvertrauen, mit dem sie die Planung der Gala übernommen hatte, war eine neue Seite an ihr, die er noch nicht kannte und die nicht viele Leute zu sehen bekamen, nahm er an.

18

achtzehn

»Wie kann es sein, dass du noch nie hier warst?«, fragte Sabrina, als sie mit Ray erst die Broadway Street und dann die Main Street hinunterspazierte, um einen Blick in die Schaufensterläden zu werfen. Sie steckte ein paar 25-Cent-Stücke in eine Parkuhr, wobei sie kaum langsamer wurde.

»Das ist alles für die Touristen, oder? Außer unserem Date, ich meine, unserem Treffen im *Showboat Saloon*, ist dies das erste Mal.«

Die Bürgersteige waren voller Menschen, die in die Geschäfte hineinschauten und manchmal mit einem etwas obszönen T-Shirt, einer bereits tropfenden Eistüte oder einer Kopie des Schwerts aus *Game of Thrones* wieder herauskamen. Teils Bazar, teils Touristenfalle, bot dieser Teil der Stadt ein bisschen von allem.

»Woher bekommst du deine Kuh-Deko?«

»Ich habe da jemanden«, sagte Ray, der ihr Geplänkel genoss.

»Mal ernsthaft, bist du nicht der Vermieter der meisten dieser Läden? Wie kommt es, dass du noch nie hier warst?«

Ray blieb stehen. Sabrina hatte recht. Onkel Harry, und jetzt seinen Eltern, gehörten wirklich die meisten der Immobilien hier, doch das war ihm nie so bewusst gewesen. In seinem

Kopf waren das Zahlen auf dem Papier und keine realen Orte, an denen Menschen arbeiteten und einkauften. Er sah die lebhafte Straße plötzlich mit anderen Augen.

»Hier entlang«, sagte Sabrina.

Sie bog in eine Nebenstraße ein, ging an ein paar Läden vorbei und verschwand in der offenen Tür eines fast leeren Waschsalons. Eine Frau holte Wäsche aus einem Trockner, während ihre kleinen Kinder vor den Waschmaschinen einen Rollwagen hin und her schoben. Ohne stehen zu bleiben, legte Sabrina Stapel mit 25-Cent-Münzen auf jede Maschine und steckte sogar ein paar Münzen in die Kaugummiautomaten nahe der Tür, eine kleine Überraschung für das nächste Kind, das daran zog. Bevor er Fragen stellen konnte, hatte sie den Salon wieder verlassen.

»Du weißt schon, dass diese Frau die ganzen 25-Cent-Stücke einsammeln wird.«

Sabrina zuckte die Schultern. »Dann hat sie auch noch Wäschegeld für das nächste Mal.«

Als sie zurück zur Main Street gingen, steckte Sabrina ein 25-Cent-Stück in jede Parkuhr, an der sie vorbeikamen, egal, ob es nötig war oder nicht.

»Hast du eine Rolle mit 25-Cent-Stücken und machst das öfter?«

»Bei dem Trinkgeld, das ich bekomme, sind immer auch ein paar Dollar in Kleingeld. Vielleicht haben die Leute keine Scheine, oder die Tour hat ihnen nicht gefallen. Ich sammle das Kleingeld und verteile es. Keine große Sache.«

Aber es war eine große Sache. Sabrina segelte durch das Leben und zog eine Spur von Freundlichkeit hinter sich her.

»Hier, nimm die.« Sie gab ihm ein paar Münzen. Als sie an einem Getränkeautomaten vorbeikamen, zeigte sie darauf. Er legte noch genug Münzen dazu, damit der Nächste ein freies Getränk hatte.

»Wartest du manchmal und beobachtest, was passiert?«

»Warum?«, meinte sie.

Natürlich tat sie das nicht. Sie wollte keine Aufmerksamkeit. Sabrina lebte nach einem anderen Kodex als die meisten Menschen.

»Und was machst du sonst noch?«, fragte Ray.

»Nichts Interessantes«, sagte sie und wich der Frage aus. »Was hast du gemacht, bevor du den *Otter Club* gekauft hast?«

Ray formulierte bereits seine Antwort, als er die nicht gerade subtile Ablenkung bemerkte. Wer konnte der Versuchung widerstehen, über sich selbst zu reden? Er mit Sicherheit nicht.

»Ich war in der Immobilienbranche.«

Sie schnaubte.

»Was ist falsch daran?«

»Hat es jemals einen Jasper gegeben, der nicht am liebsten die ganze Welt besitzen wollte? Das Haus meiner Eltern gehört zu den wenigen Immobilien, die die Jaspers je verkauft haben.«

»Wirklich? Das ist seltsam. Kannst du dir vorstellen, warum?«

»Meine Urgroßmutter hat das Haus in den Dreißigern gekauft. Seitdem wird es an die älteste Tochter vererbt.«

»Dann wird es eines Tages dir gehören.«

»Nicht, wenn ich es verhindern kann, obwohl meine Mutter die Hoffnung noch nicht aufgegeben hat.«

»Dann gibt es nicht gerade viele Jobs für eine Journalistin in Wisconsin Dells?«

Sabrina presste die Lippen beim Nachdenken fest aufeinander.

»Stimmt, aber das ist nicht der Grund. Der Journalismus war nur Mittel zum Zweck.«

»Gefällt dir dein Job denn nicht?«, fragte Ray.

Sie sah zum Himmel hoch. »Ich liebe es zu schreiben und zu planen.«

»Das ist mir aufgefallen.«

Sabrina lächelte Ray an. »Einer Story hinterherzujagen ist nicht meine Stärke – es ist nicht einmal meine Schwäche. Es gehört einfach nicht zu meinen Fähigkeiten.«

»Du könntest hierbleiben.«

»Dieser Ort tut mir nicht gut.« Sabrina steckte das letzte 25-Cent-Stück in einen Süßigkeitenautomaten. »Bist du bereit?« Sie streckte ihm die Hand hin, als hätte sie das schon hundertmal gemacht und nicht erst zum ersten Mal.

Seine Hand rührte sich nicht.

»Lass das jetzt nicht peinlich werden«, sagte sie, griff nach seiner Hand und zog ihn durch die Fußgänger hindurch zu ihrem Ziel am Ende der Straße.

Es war überhaupt nicht peinlich. Sabrina an der Hand zu halten, war wunderbar.

*

»Warum sind wir hier?«, fragte Sabrina und sah zu dem bärtigen Zauberer mit dem violetten Hut und der Robe hoch, der den Eingang des Wizard Quest bewachte, der einzigartigsten Attraktion von Wisconsion Dells – und das in der Stadt, die bis vor einigen Jahren die Heimat des Wonder Spots gewesen war, des Ortes, an dem die Schwerkraft aufgehoben war und die noch immer mit einem auf dem Kopf stehenden Weißen Haus und einem lebensgroßen trojanischen Pferd aufwarten konnte. Ein wenig Schnitzeljagd, ein wenig Puzzle und ganz viel Fantasy, das Wizard Quest war eine Mischung aus *Der dunkle Kristall*, *Der Herr der Ringe* und *Willow*. Die Leute standen aus der Tür heraus bis auf den Bürgersteig, und sie stellten sich ans Ende der Schlange.

»Heute ist Date-Abend.« Ray zog sie näher zu sich heran. »Ich dachte, wir sollten uns in der Öffentlichkeit sehen lassen.«

»Du meinst, Erika und ihre Freundinnen retten an ihrem freien Abend fiktive gefangene Zauberer?«

Ray knöpfte sein Button-down-Hemd auf, und ein T-Shirt mit einem zwanzigseitigen Würfel und der Schrift WIE ICH ROLLE wurde sichtbar.

»Oh. Das erklärt vieles.« Die heiße Sommerbrise fuhr in sein gewelltes Haar, und die Brille mit dem dicken Rand rahmte seine Augen ein und betonte das Blau, was ihrem Herzen einen weiteren Grund zum Rasen lieferte. Sie trat ein paar Schritte zurück. »Spielst du noch manchmal?«, brachte sie heraus. Die Nähe zu ihm machte das Denken schwer.

»Nicht mehr seit dem College. Und du?«

Wie erklärte man jemandem, dass sie nie irgendwelche Freunde gehabt hatte, mit denen sie hätte spielen können? Sie lenkte ab. »Ich bin mehr der Lesetyp.«

»Stimmt, du warst immer viel in der Bücherei.«

Ihr Kopf schnellte hoch, und sie sah, dass Ray wusste, dass er zu viel gesagt hatte.

»Du hast in das Buch gesehen«, warf Sabrina ihm vor.

Er hatte den Anstand, verlegen auszusehen. »Die Neugier hat gesiegt.«

Die Schlange hatte sich kaum bewegt, sie standen immer noch auf dem Bürgersteig. Ray griff nach ihrer Hand, und sie ließ es zu. Ihr gefiel das Ganze langsam ein bisschen zu gut.

»Wir werden noch den ganzen Abend hier stehen«, sagte Sabrina.

»Ich hätte nichts dagegen.« Rays schiefes Grinsen brachte eine jungenhafte Unschuld an ihm zutage. Wenn sie ihn zu lange ansah, wurde ihr ganz heiß, was sie daran erinnerte, dass sie nicht viel Erfahrung im Daten hatte. Sie hatte zwei Freunde gehabt, Bobby und Charles – und keine der Beziehungen hatte lange gehalten oder war im Guten auseinandergegangen. Sie mochte weder, wenn sie die Kontrolle über die Reaktionen ihres Körpers verlor, noch die konstante, unterschwellige Angst, dass ihr Familiengeheimnis entdeckt werden könnte. Rays Gegenwart lenkte sie genug ab, dass ihr etwas zu Verräterisches herausrutschen könnte.

War das ein kleines Grübchen in seiner Wange? Ihr Blick wanderte zurück zu dem Zauberer an der Tür. *Hör auf zu gucken, Sabrina!*

»Du kannst das nicht allein lösen, P.S.« Ein Schauer lief Sabrina den Rücken hinunter, als sie die Stimme erkannte.

Es hätte sie nicht überraschen sollen, dass Erika sie immer noch mit ihrem Spitznamen aus der Schulzeit anredete – sie hatte ihn ihr schließlich verpasst.

Sabrina hatte in der siebten Klasse vor ihrem Gemeinschaftskundekurs gestanden. Die Tische waren in fünf geraden Reihen angeordnet, und Erika und ihre Vasallinnen saßen vorne und in der Mitte. Die besten Plätze für das, was passieren sollte. Der Lehrer saß hinten an seinem Tisch, mehr auf seinen Computer konzentriert als auf sie. Sabrina hielt gerade ihren Vortrag über die Mythen der amerikanischen Ureinwohner, als eine alte Frau in einer geblümten Kittelschürze vor ihr auftauchte, deren Konturen nebelhaft verschwommen waren.

»Der Herd ist an! Ich habe den Herd angelassen! Er muss ausgestellt werden!«, sagte die Frau und klatschte vor Sabrinas Gesicht in die Hände.

Sabrina hatte gewusst, dass sie eines Tages Geister sehen würde. Man konnte nicht in ihrem Haus aufwachsen und nichts von dem Familiengeheimnis wissen, doch sie hatte nicht damit gerechnet, dass es mitten in ihrem Referat in der Schule passieren würde. Jeder wäre überrascht, wenn plötzlich ein Geist vor ihm stände, der schrie und in die Hände klatschte. In Horrorfilmen wurden Schockmomente nicht ohne Grund eingesetzt. Und natürlich schrie sie.

»Da ist jemand, da ist jemand!«, rief Sabrina und wich in das Whiteboard zurück, wobei die Radiergummis und die abwischbaren Marker herunterfielen.

Das Lachen der Klasse stachelte ihre Panik nur noch an. Es schien nicht mehr aufzuhören, das Rufen und Klatschen. Sabrinas Hände zitterten, und ihre Klassenkameraden lachten lauthals. Die Luft entwich aus ihrer Brust, sodass sie keine Worte bilden konnte, und ihre Brust brannte durch den Sauerstoffmangel, bis sie Sterne sah. Schließlich erschien eine zweite, etwas weniger verschwommene Gestalt – eine lebenssprühende Blondine mit federnden Locken, die sie von der Beschreibung ihrer Mutter her als Molly erkannte, was sie jedoch nicht davon abhielt, erneut zu schreien.

»Entschuldige, Schätzchen«, sagte Molly.

Sie legte den Arm um die alte Frau, und sie lösten sich in Luft auf. Sabrina drehte sich schnell von der Klasse weg und bedeckte das Gesicht mit den Händen, um ihre Tränen zu verbergen. Wie konnte sie das hindrehen, dass nicht alle sie für verrückt hielten? Eine Spinne? Niedriger Blutdruck? Doch der Schaden war bereits angerichtet.

»Psycho-Sabrina sieht Gespenster«, sagte Erika. »Was siehst du denn sonst noch? Einhörner? Jungs, die dich mögen?« Erikas Vasallinnen lachten, und von diesem Tag an war sie Psycho-Sabrina.

Sabrina legte sich eine Hand auf den Bauch, als Angst in ihr aufstieg. Das war der Grund, warum Ray und Sabrina so taten, als wären sie ein Paar. Sie war sich nur immer noch nicht sicher, ob es funktionierte, obwohl es ihre Idee gewesen war. Sie drehte sich zu Erika um, die mit zwei Freundinnen da war, alle in kurzen Kleidern und hochhackigen Schuhen, als wäre Wisconsin Dells für seine schicken Nachtclubs und nicht für seine rustikalen Saloons und Männer-Sportbars berühmt.

»Erika«, sagte Sabrina.

Ray trat an ihre Seite und legte ihr die Hand auf den Rücken. Wärme breitete sich in ihrem Körper aus und ließ sie ruhiger werden.

»Sie ist nicht allein«, sagte Ray lächelnd.

Erika kniff die Augen zusammen. »Du bist der neue Jasper.«

»Ray. Schön, dich kennenzulernen.« Er streckte ihr die Hand hin.

Warum musste er so höflich sein? Erika griff eifrig danach. Er war niemand, den sie so leicht ignorieren konnte.

»Wir haben uns vor Jahren bei der Abschiedsgala kennengelernt«, sagte er. »Deine Mutter hat uns miteinander bekannt gemacht.«

»Natürlich. Dann eben schön, dich wiederzusehen.«

Erika sah Ray eine ganze Weile unverwandt an, bevor ihr Blick zu Sabrina wanderte. »Wann hat das angefangen?«, fragte Erika.

Sabrina geriet in Panik. Wieso hatten sie ihre Geschichte

nicht im Vorfeld abgesprochen? Natürlich würde Erika Fragen stellen.

Ray zögerte keinen Moment. »Sabrina« – er betonte ihren Namen auf eine ganz besondere Weise – »hat mich bei einem Handgemenge im Aquapark gerettet. Ich habe mich mit einem Drink revanchiert, und jetzt sind wir hier, um das Königreich zu retten.«

Erika blinzelte noch mehr, doch Ray ging zu Phase zwei über. Ablenkung.

»Du solltest mal im *Otter Club* vorbeischauen. Wir könnten über eine Art Partnerschaft zwischen den Real Dells Ducky Tours und dem *Otter Club* reden, vielleicht ein Tour-und-Dinner-Arrangement.«

Erika musterte ihn wie ein Stück Fleisch.

»Bring deinen Verlobten mit«, fügte Ray hinzu.

»Er wäre nur im Weg.« Erika legte die Hand auf Rays Arm, mit dem er nicht Sabrinas Hand hielt, und streichelte ihn. Bäh. »Viel Spaß«, sagte sie und sah dabei Sabrina giftig an.

Dann musterte sie Ray noch einmal von oben bis unten und klapperte auf ihren hohen Hacken davon, als eine ihrer Freundinnen sie anrempelte und zum Stolpern brachte.

»Verschwinde, Cindy.« Cindy machte zwei Schritte nach links. Sie war auch ihren Freundinnen gegenüber eine Zicke.

Sabrina sah zu Ray hoch, der nach einem Notizbuch griff.

»Was war das?«, fragte sie.

»Was meinst du?«

»Du sollst meinen Freund spielen, damit sie mich nicht für eine Bedrohung hält. Und dich nicht von ihr anbaggern lassen.«

»Sie hat mich nicht angebaggert.« Ray nahm seine Hand von ihrem Rücken und schrieb etwas in sein Notizbuch.

Obwohl sie sauer auf ihn war, vermisste sie die warme Berührung. Seine Hand war wie eine Batterie gewesen, die sie mit der Energie versorgte, die sie für diesen Wortwechsel benötigte. Jetzt, wo sie nicht mehr da war, wäre sie am liebsten in sich zusammengesackt.

»Schreibst du das als Idee auf?«

»Äh, ja. Es könnte für uns beide von Vorteil sein.«

Sabrina starrte ihn an, während er sich seine Notizen machte. Okay, Ray war ein netter Typ, aber er hatte nicht nett zu ihrer Feindin zu sein, selbst wenn Geschäft Geschäft und eine Partnerschaft mit den Real Dells Ducky Tours eine gute Idee war, vor allem da einige der Touren direkt an dem Supper Club vorbeituckerten. War es zu viel verlangt, von einem vorgetäuschten Freund absolute Loyalität zu erwarten?

»Geht's dir gut?«, fragte Ray.

Sabrina nickte.

»Als du vorgeschlagen hast, dass ich deinen Freund spielen soll, habe ich gedacht, du würdest überreagieren. Nun habe ich es begriffen. Diese Frau ist wirklich gehässig. Es muss sie wahnsinnig machen, dass du dich nicht von ihr provozieren lässt.«

»Wie meinst du das?«, fragte Sabrina.

»Sie ist gemein, aber hast du je darauf reagiert? Sie wollte, dass du explodierst, und du bist ganz cool geblieben.«

Sabrina hatte sich nicht cool gefühlt, doch Ray hatte recht. Bis sie für sie gearbeitet hatte, hatte Sabrina im Grunde nie getan, was Erika von ihr wollte. Sie hatte sie so gut wie möglich gemieden. Was hätte sie auch sonst tun sollen? Sie konnte nicht zurückschlagen, und es hätte die Sache nicht besser gemacht, hätte sie sich wie eine ihrer jämmerlichen Vasallinnen verhalten, warum also sich die Mühe machen? Sie hatte immer gedacht, dass Erika die Kontrolle und die Macht hatte, doch indem sie nicht getan hatte, was sie wollte, hatte Sabrina sich wohl ihre eigene Macht aufgebaut.

»Willst du da wirklich rein?« Sabrina zeigte auf den riesigen Zauberer über ihrem Kopf.

»Ich habe schon Tickets für uns.« Er hielt sein Handy hoch, um sie ihr zu zeigen.

Sie lächelte. »Okay, ich denke nicht, dass ich gegen so viel Begeisterung eine Chance habe. Es gibt bei allem ein erstes Mal.«

»Moment, du hast das noch nie gemacht? Du bist also auch eine Wizard-Quest-Jungfrau?«, fragte Ray.

»Sag das nie wieder. Warst du nicht ein wichtiger Geschäftsmann, der große Deals abgeschlossen hat?« Sie musste ihn einfach anlächeln. Seine Charmeoffensive hatte sie schließlich geknackt. Wie bei einer Party mit Rasenspielen, Tischen voller Essen und lächelnden Gästen unter einem Schutzzelt wollte sie hingehen und an dem Spaß teilhaben. Ray ließ den Wunsch in ihr aufkommen, mitzumachen. Er war das genaue Gegenteil von Erika.

»Bist du nicht wenigstens ein bisschen aufgeregt?«, fragte Ray.

Jetzt war sie es.

Drinnen wuchs ein künstlicher Baum aus dem Boden, durch dessen Äste bunte Feen auf die wartenden Leute hinausschauten. Drachen, Trolle und magischer Glitzer zierten die Artikel in dem nahen Geschenkeladen. Ray drehte den Kopf in alle Richtungen und ließ alles auf sich wirken, und Sabrina fand es schwer, nicht das Gleiche zu tun. Er nahm das iPad von dem wartenden Wächter entgegen und hörte seinen detaillierten Anweisungen zu, als wären sie geheime Instruktionen und als hinge das Überleben der Welt davon ab, dass er sich genau an jedes Wort erinnerte.

Schließlich stürmte er durch die große Doppeltür in das mystische Land, das sie erwartete. Von einem Balkon aus sahen sie auf ein von Wein umranktes Schloss und einen Elfenwald hinunter. Die Herstellungsqualität war ziemlich gut.

»Okay … wir sondieren das Terrain, und dann geht's los?«, fragte Sabrina.

»Ja.«

»Du überlässt mir wohl nicht das iPad, oder?«, fragte Sabrina und zeigte auf das Gerät, das sie durch das Spiel führen würde.

»Keine Chance.«

»Gut, Zauberer Ray, packen wir's an.«

Sie griff nach seiner Hand und versuchte zu ignorieren, wie warm sie sich in ihrer anfühlte, vor allem im Gegensatz zu der kalten Luft aus der Klimaanlage. Als sie die ersten Schritte machte, wurde sein Griff fester, damit sie zwischen den anderen Spielern nicht getrennt wurden, die in allen Richtungen ihren Weg kreuzten. Sie könnte sich an das Händchenhalten gewöhnen. Sie führte ihn nach unten und steuerte das Wasserreich an, wo weniger Leute waren. Das Spiel war in vier Reiche geteilt – Wasser, Luft, Feuer und Erde. In einem kurvenreichen Irrgarten mit engen Gassen und einem langen Kunstlederstreifen, der Seegras darstellen sollte, verbargen sich geheime Durchgänge und Hinweise. Während sie um Ecken bogen und Leute anrempelten, wurden sie aneinandergedrängt. Es war warm, und er war ihr so nahe, dass sie seine Seife riechen konnte – Orangen und irgendwelche Hölzer. Sie drehte ihr Haar zu einem Knoten, um abzukühlen.

Jemand bog um die Kurve und rannte in sie hinein, stieß

sie gegen Ray und die Wand hinter ihnen. Ihre Hand fuhr zu seiner Brust, und seine umfasste ihre Taille bei dem Versuch, einander Halt zu geben. Sie hatte erwartet, ihre Bluse zwischen ihrem Körper und seinen Händen zu haben, doch sie war nach oben gerutscht und seine Hände berührten nackte Haut. Die Berührung versengte sie. Sie standen sich von Angesicht zu Angesicht gegenüber, während die unhöfliche Person an ihnen vorbeidrängte. Sabrina fand bestätigt, dass er wirklich ein Grübchen in der Wange hatte, und hätte es am liebten geküsst.

»Entschuldige«, sagte er und trat einen Schritt zurück, als wieder Platz war, aber seine Hände verweilten noch einen Moment länger auf ihrer Taille. Mit einem Zischen entwich die Luft aus Sabrinas Lungen. Sie brauchte Raum, um zu atmen. Sie stolperte in die Richtung, in der sie noch nicht gewesen waren. Schließlich kamen sie in eine kleine Halle, die ins Feuerreich führte, einen dunklen Bereich mit roten Lichtern und felsigen Wänden.

Während sie sich mit einer Hand an der Wand abstützte, rang sie begierig nach Luft.

»Geht's dir gut?«, fragte Ray, während seine Hände über ihrem Rücken schwebten, als wäre er nicht sicher, ob er sie anfassen sollte oder nicht.

»Ich habe Platzangst.«

»Das wusste ich nicht.«

Er ließ die Hände sinken.

»Ich auch nicht«, log sie. Sie konnte ihm nicht sagen, dass die Nähe zu ihm Gefühle in ihr weckte, die sie nicht annehmen konnte. Distanz zu wahren war die einzige Lösung. Ihr Familiengeheimnis hinderte sie daran, irgendjemandem wirklich nahe zu sein, doch für einen kurzen Moment hatte sie sich in ihrem scheinbaren Date und dem Vergnügen seiner Gesellschaft verloren. Sie mochte Ray genug, dass sie es nicht riskieren konnte, jemals die Angst und den Abscheu in seinem Gesicht sehen zu müssen, wenn er die Wahrheit herausfand.

19

neunzehn

Achtzehn Kisten mit Unterlagen. Die hatte Ray allein aus dem Büro geholt. Eine Familiengeschichte in Kassenzetteln, Rechnungen und überholten Benutzerhandbüchern. Jetzt hatte er alles auf die hintere Veranda neben die riesige Feuerschale gebracht, zusammen mit einer Flasche Bourbon und zwei Zigarren. Eine für ihn und eine für Rick, der einen Charcuterie-Teller mit ein paar Leckereien vorbereitet hatte, die sie im Restaurant anbieten wollten. Neben Ray stand ein leerer Karton für die Sachen, die er behalten wollte. Der Rest sollte in den Flammen aufgehen.

Er öffnete die erste Kiste, zog einen Stapel Papiere heraus und ging sie Stück für Stück durch – zerknüllte jedes einzelne Blatt, warf es ins Feuer und beobachtete, wie es zu einem kleinen Feuerball wurde, bevor es in dunkle Asche zerfiel, während er ein weiteres hineinwarf. Er zündete seine Zigarre an und fuhr mit seinem Tun fort. Zerknüllen, werfen, rauchen. Zerknüllen, werfen, rauchen.

»Wir werden Wochen hier draußen sitzen«, sagte Rick und stellte das Holztablett, auf dem verschiedene Käse und dünn geschnittenes geräuchertes Fleisch neben selbst gemachten Crackern angerichtet waren, auf dem Tisch zwischen ihnen ab.

Ray nahm sich ein Stück Sommerwurst, kaute und schnappte nach Luft, als Hitze in ihm aufwallte.

»Vorsicht, die ist mit Chili gespickt. Nimm etwas Käse«, sagte Rick.

Ray brach sich einen Brocken von dem krümeligen, alten Cheddar ab, der aus einer nahen Molkerei kam. Beim Hineinbeißen zerplatzten kleine Kristalle auf seiner Zunge.

»Fünf Jahre?«, schätzte er.

»Sechs.«

»Der ist gut.« Der Käse beschichtete seine Zunge und nahm das Schlimmste von der Hitze. Er griff nach einem weiteren Packen Papiere und fuhr mit seiner Säuberungsaktion fort. »Die kleinen Gemüsehappen, die du diese Woche serviert hast, sind bei den Leuten gut angekommen. Sind sie zu teuer, um sie dauerhaft aufzunehmen?«

Rick paffte an seiner Zigarre. »Nicht über die Maßen, aber ich bin mir nicht sicher, ob wir sie immer haben sollten.«

»Vielleicht nur an den Wochenenden?«

Rick pflückte sich ein Stückchen losen Tabak von der Lippe und schnipste es ins Feuer. »Ich dachte eher an die Werktage – um den Leuten einen Anreiz zu bieten, an einem Dienstagabend vorbeizuschauen.« Er richtete seine Zigarre auf Ray, das Ende glühte in einem trüben Rot. »An den Abenden unter der Woche ist etwas Besonderes immer willkommen.«

Ray nickte. Er mochte Rick, und er war ein verdammt guter Koch. Sie hatten ein gutes Arrangement gefunden. Er überließ Rick die Küche, lieferte ihm, was immer er wollte, und kam ihm nicht in die Quere. Das System funktionierte.

Ray wandte sich wieder seiner Papiervernichtung zu. Nach einer weiteren Stunde hatte er sich durch zwei Kisten gearbeitet, nichts von Interesse gefunden und sich drei neue

Papierschnitte zugefügt. Er und Rick hatten entschieden, dass die Peperoni-Sommerwurst für den *Otter Club* zu gewagt war, der alte Cheddar, der weiche Ziegenkäse, der Wisconsin-Honig und die Knoblauch-Sommerwurst jedoch eine gute Wahl waren.

Rick schnipste die Reste seiner Zigarre ins Feuer und lehnte sich zurück. »Warum verschwendest du deine Zeit damit?«, fragte er. Er hatte Ray eine Weile beobachtet. »Kannst du nicht jemanden dafür bezahlen, dass er das Ganze abholt?«

»Das sind alles persönliche Dinge über unsere Familie.«

»Dann pack es in ein Boot, begieß es mit Benzin, und mach einen Scheiterhaufen daraus wie die Wikinger.«

»Warum habe ich nicht an diese praktische Lösung gedacht? Ich bin mir sicher, dass das jeden, der an dem See wohnt, begeistern würde.« Ray wickelte ein Stück Pancetta um ein Stück jungen, weichen Schafsmilchkäse, an dessen Namen er sich nicht erinnerte. »Ich muss das durchgehen und sicher sein, dass ich nichts Wichtiges wegwerfe.«

»Alles klar. Du suchst nach Hinweisen.« Er hatte Rick von dem Tagebuch seines Urgroßvaters erzählt. »Jetzt verstehe ich dich, du Detektiv.«

»Nur dass ich das Rätsel vielleicht nie lösen werde.« Und er hatte bloß Zeit bis zu der Gala.

Rick sah auf seine Uhr. »Scheiße. Ich habe meiner Frau gesagt, dass ich vor halb elf zu Hause bin. Nun ist es fünf vor halb elf. Ich muss los.«

»Wir sehen uns morgen.« Ray winkte, als Rick um das Haus herum zu seinem Auto ging.

Allein konnte Ray sich auf die Aufgabe vor ihm konzentrieren.

Zerknüllen, werfen, verbrennen. Zerknüllen, werfen, verbrennen. Die Wiederholung hatte eine therapeutische Wirkung und erlaubte es ihm, an anderes zu denken als an Sabrina. Da war etwas zwischen ihnen, und er wusste, dass sie es auch spürte. Doch irgendetwas hielt sie zurück, und es war mehr als ein paar gemeine Klassenkameradinnen aus der Mittelstufe – obwohl Erika nicht ohne war. Er suchte auch den größtmöglichen Abstand zu ihr. Sabrina war ein Sammelsurium von Widersprüchen. Sie sprach kaum mit jemandem, machte sich aber die Mühe, 25-Cent-Stücke in Parkuhren und Waschautomaten zu stecken. Sie mied Erika, arbeitete allerdings für ihre Firma. Sie hasste Wisconsin Dells, lebte jedoch hier. Er hatte ein paar leere Stellen füllen, aber nicht das ganze Bild ausmalen können.

Er verstand das. Schließlich war er selbst einem Immobilienimperium entkommen, und jetzt kämpfte er darum, das Imperium in Wisconsin Dells zu erhalten. Er hatte das, was seine Eltern ihm angeboten hatten, abgelehnt und verbrachte trotzdem Stunden damit, alte Papiere durchzugehen, um mehr über seine Familie zu erfahren. Wenn er Sabrina ansah, sah er einen verwandten Geist, jemanden, den er verstand und der ihn verstehen konnte.

Während er darüber nachdachte, ging er weitere Unterlagen durch. Zerknüllen, werfen, verbrennen. Wie sollte er seine Eltern dazu bringen, ihm die Immobilien vor Ort zu verkaufen? Wie konnte er ein guter Jasper sein? Was bedeutete das eigentlich?

Er war nicht wirklich aufmerksam, sodass seine Finger das unterschiedliche Papier vor seinem Verstand registrierten. Er hätte es beinahe zerknüllt. Es war ein Foto. Ein dünner, weißer Rand rahmte das Schwarz-Weiß-Bild ein, das durch die

Zeit vergilbt und ramponiert war. Es zeigte zwei Menschen: einen dunkelhaarigen Mann, der sehr viel Ähnlichkeit mit ihm hatte, wenn er einen Dreiteiler trug, und eine Frau in einem dunklen Kleid mit einem weißen Kragen, mit blonden Pin Curls und einem tiefen Grübchen in der rechten Wange. Die beiden strahlten. Das musste sein Urgroßvater mit seiner geheimen Liebe sein. Es war definitiv nicht Urgroßmutter, die dunkles Haar und missbilligend nach unten gezogene Mundwinkel hatte.

Im Licht des Feuers hielt er das Foto dicht vor sein Gesicht und studierte die Details. Sie sahen sich total verliebt an, als würden sie alles dafür geben, auch nur noch einen Moment miteinander zu verbringen. Was immer die beiden gehabt hatten, er wollte das auch. Doch offenbar reichte es nicht, die Liebe zu wollen. Nummer eins hatte diese Frau, die er so offensichtlich geliebt hatte, nicht geheiratet. Was war aus ihr geworden?

Er drehte das Foto um. Das Datum, 1931, war mit einem Füller geschrieben, dessen Farbe zu einem bräunlichen Orange verblasst war.

Es half nicht viel, aber es war ein weiteres Teil in dem Puzzle. Er wusste, dass sie 1931 zusammen gewesen waren. Er wusste, dass Nummer eins Urgroßmutter 1933 geheiratet hatte. Wie hieß diese Frau? Vielleicht konnte er das herausfinden. Irgendjemand in dieser Stadt musste doch wissen, wer sie war.

20

zwanzig

Sabrina warf einen Blick in ihren Ordner und betrachtete die Szenerie vor sich. Zelte aufschlagen – erledigt. Kissen und gemütliche Decken – erledigt. Originelle Appetizer – erledigt. Bratwürste und Burger (schließlich war immer noch der 4. Juli) – erledigt. Ihre Buttercookies mit roten, weißen und blauen Sprenkeln, die Ray so mochte – erledigt. Ein Einhornkuchen – erledigt. Der Kuchen war in letzter Minute hinzugekommen, als Arabella klar geworden war, dass zum Glamping keine Einhörner gehörten, zumindest nicht in dieser Dimension. Feuerwerk – noch nicht erledigt, doch es würde anfangen, sobald die Sonne unterging, was allen reichlich Zeit zum Essen und Trinken ließ.

Rays bebrillte Gestalt tauchte an der Seite des Hügels auf, er trug ein Tablett mit Essen über einem verpackten Geschenk.

»Du fandest es okay?«, fragte Sabrina und sah verstohlen zu dem Tablett mit den köstlich aussehenden Cookies hin. »Hmmm, mit Schokoladenstückchen.«

»Nahe dran, Toffee und Schokolade.«

»Noch besser.« Sie ließ ihre Hand unter die Folie gleiten und stibitzte einen, während sie den Drang, seinen Arm zu berühren oder nach seiner Hand zu greifen, ignorierte.

»Lass das Geburtstagskind besser nicht sehen, dass du seine Süßigkeiten stibitzt«, sagte Ray.

»Sie hat einen ganzen Kuchen. Einen Cookie wird sie schon entbehren können.«

Oscar kam angerannt und umarmte Sabrinas Beine.

»Hey, Oscar. Bist du gespannt auf das Feuerwerk?«, fragte Sabrina.

»Daddy hat gesagt, dass es hier draußen nicht zu laut wird.« Er sah mit großen Augen zu Sabrina hoch und flüsterte: »Ist Molly da?«

Sabrina blickte unwillkürlich Ray an, ob er das gehört hatte. Er blickte zu dem riesigen weißen Zelt hinüber.

Sie schüttelte den Kopf. »Wir reden später. Das ist mein Freund Ray. Ray, dieser stürmische junge Mann ist mein Neffe Oscar.«

»Ich erinnere mich, dich im Aquapark gesehen zu haben, als deine Tante den riesigen Drink ins Gesicht bekommen hat.«

»Sie war sauer«, sagte Oscar.

»Sehr sauer sogar«, ergänzte Sabrina.

Oscar rannte zu den anderen Kindern, die sich am Essenstisch bedienten und die Hände voller Chips und Cookies hatten, allen voran Arabella in einem langen grünen Kleid, das beim Rennen hinter ihr her flatterte wie ein Umhang.

»Warum sind wir hier draußen, wenn das Feuerwerk da drüben stattfindet?«, fragte Ray und zeigte zurück Richtung Stadt.

»Das ist Mr. Garnhams Hof. Er ist ein alter Kumpel von meinem Dad. Die beiden haben vor Jahren festgestellt, dass man die ganzen Feuerwerke, die die verschiedenen Ferienorte veranstalten, von diesem kleinen Hügel aus sieht. Mehrere durchschnittliche Feuerwerke können es durchaus mit einem großartigen aufnehmen. Wir kommen seit Jahren hier heraus, um sie uns anzusehen.«

Sabrina ging mit Ray zu dem großen kuppelförmigen Zelt aus weißem Segeltuch, in dem weiße, mit weißem und rosa Tüll umhüllte Lichter das Innere in ein warmes Licht tauchten. Den Boden bedeckte ein Berg aus Kissen und Sitzsäcken, über denen weiche, flauschige Decken und Kunstfelle drapiert waren. Die Zeltöffnung war groß genug, dass alle das Feuerwerk von den bequemen Kissen aus sehen konnten. Ihre Eltern, Brüder und deren Ehepartner hatten es sich bereits in einer Ecke bequem gemacht. Ray begrüßte ihre Eltern, die er bereits kannte, und sie machte ihn mit den anderen bekannt.

»Wir werden uns das Feuerwerk von hier aus ansehen. Du kannst deine Cookies da drüben hinstellen.« Sabrina zeigte auf ein paar lange Tische. »Die Geschenke kommen daneben.«

»Das ist unglaublich«, sagte Ray. »Ich wusste, dass du die Richtige bist, um mir mit der Gala zu helfen. Das hier ist der Beweis.«

Er schenkte ihr ein schiefes Lächeln, bevor er zu den Tischen ging, und einen Moment lang vergaß Sabrina zu atmen.

»Er sieht nett aus«, meinte ihr Bruder Cal. Er und sein Mann, Brendan, standen auf, um sie zu umarmen. »Ist er bereit für ein Familientreffen der Monroes?«

»Wir sind nur Freunde.«

»Du weißt, was ich meine. Wir sind nicht immer die Scharfsinnigsten, vor allem Arabella nicht, die behauptet, verschwommene Umrisse sehen zu können, und Oscar, der von der Idee besessen ist. Sie versucht nur, die anderen Kinder zu beeindrucken, aber …«

Mist. Daran hatte Sabrina überhaupt nicht gedacht. Wenn sie zusammen waren, betrachteten alle diese familiäre Verpflichtung als etwas völlig Normales. Genau das war es, was die wenigen Besuche, die sie ihrer Familie seit der Highschool abgestattet hatte, annehmbar gemacht hatte. Ihre Familie war eine sichere Zone. Sie war so begeistert gewesen, Ray diesen verborgenen Teil der Dells zu zeigen, dass sie gar nicht mehr an ihre familiäre Verpflichtung gedacht hatte. Es ging viel zu schnell, dass sie sich in seiner Gesellschaft so wohl fühlte. Sie wusste nichts von ihm bis auf die Tatsache, dass er aus New York kam, in der Immobilienbranche tätig gewesen war und super gute Cheese Curds machte.

»Alles wird gut«, sagte Sabrina und ignorierte das Ziehen in ihrer Brust.

Der Tisch bog sich unter den ganzen Burgern, Bratwürsten, Brötchen, in Bacon gewickelten Wasserkastanien, Blätterteigstrudeln und einem Dutzend anderer schmackhafter Leckerbissen, die neben dem zweistöckigen Kuchen mit dem Einhorn mit dem regenbogenfarbenen Horn standen. Sie füllten ihre Teller mit Essen. Ray nahm ein paar ihrer gesprenkelten Cookies und suchte sich einen Platz auf den Kissen. Sabrina achtete darauf, dass er so weit wie möglich von den Kindern entfernt saß. Es schadete nicht, vorausschauend zu sein. Nach einem Knall, der Ray aufspringen ließ, ertönte aus einem Lautsprecher irgendwo auf der Lichtung plötzlich die diesjährige Playliste von Mr. Garnhams patriotischen Tophits.

Sabrina lachte. »Das ist Mr. Garnhams Version der Dells-Tophits. Er ist früher oft mit seinem Lieferwagen hier heraufgefahren, um ein Band mit den Songs im Auto abzuspielen. Es freut mich, dass er inzwischen die moderne Technologie entdeckt hat.«

»Das ist alles total beeindruckend. Bei den Feuerwerken in New York war es immer entsetzlich voll, es sei denn, man kannte jemanden, von dessen Dach aus man zusehen konnte.«

»Ich bin mir sicher, dass das bei dir der Fall war«, sagte Sabrina.

Ray lächelte, ein wenig verlegen, wie es schien, und schob seine Brille auf die Nase hoch. »Ja, von meinem Dach.«

»Willkommen in der Kleinstadt. Hier musst du den Typen mit dem Berg kennen«, sagte Sabrina.

»Ich muss noch so viel von dir lernen. Du bist mein Yoda für den Mittleren Westen.«

»Das ist genau das, was jedes Mädchen hören will, dass sie ein kleiner, faltiger, grüner Heini ist, der in einem Moor lebt.«

Ray stellte seinen Teller ab und starrte sie an. Was hatte sie gesagt? Sie scrollte durch die letzten Minuten, und nichts erschien ihr besonders peinlich.

»Was ist? Habe ich etwas im Gesicht?« Sie wischte sich über die Wangen.

»Überhaupt nicht«, sagte er leise.

Sie sahen einander an, und Ray beugte sich zu ihr hin. Wollte er sie wirklich vor ihren Eltern und Brüdern und zwanzig anderen Leuten küssen?

Sabrina wich nicht zurück.

»Es geht los«, sagte Sabrinas Vater, gefolgt von einem lauten Zisch und Bumm. Ein weißer Funkenregen entlud sich am Himmel, gefolgt von einem roten, einem weißen und einem blauen. Die Menschen auf dem Berg jubelten. Ray und Sabrina fielen mit ein.

Der Moment war vorüber, Ray und Sabrina aßen weiter, während am Himmel funkelnde farbige Kreise und Fontänen zu sehen waren und ab und zu ein lächelnder Smiley. Sabrinas Knie stieß gegen Rays, während sie nebeneinandersaßen, doch sie rückte nicht weg. Wenn es ihm nicht gefiel, konnte er ja wegrücken, oder? Aber auch er bewegte sich nicht.

»Wie lange macht ihr das schon?«, fragte Ray. Seine Stimme war leise, doch es fühlte sich für sie so an, als würde ein Finger an ihrem Rückgrat entlangfahren.

»Solange ich mich erinnern kann. Als wir klein waren, haben meine Brüder und ich das auch gemacht.« Sabrina zeigte zu ihrer Mutter hin, die kleine Wunderkerzen für die Kinder anzündete, die damit wegrannten und einen Streifen flüchtigen Lichts hinter sich herzogen. »Ich habe meinen Namen in die Luft geschrieben und versucht, mit dem A fertig zu werden, bevor das S verschwunden war.«

»Das hört sich toll an.« Ray zögerte. »Warum willst du unbedingt hier weg? Deine Familie ist unglaublich, ihr habt Traditionen wie diese, gutes Essen, perfektes Sommerwetter und wunderschöne Plätze, an die ihr euch zurückziehen könnt. Ich verstehe das nicht.«

Sabrina ließ sich zurück in die Kissen fallen, während die Feuerwerkskörper wie Cupcakes mit Sprenkeln vor ihnen in der Luft explodierten. Was sollte sie Ray auf seine Frage antworten, die durchaus angemessen war? Wusste sie das überhaupt selbst? Ehe sie etwas sagen konnte, legte Ray sich neben sie, die Augen jedoch weiter auf das Lichterschauspiel am Himmel gerichtet. Ohne Blickkontakt fiel es leichter zu reden.

»Die Gegenwart der meisten Menschen macht mich ängstlich. Ich bin mir sicher, dass dir das nicht entgangen ist«, sagte Sabrina.

Ray nickte. Sie wusste es zu schätzen, dass er nicht so tat, als hätte er es nicht bemerkt. Das sprach eindeutig für ihn.

»In einer Stadt voller Menschen zu leben, die dich seit deiner Geburt kennen, heißt, dass du in einer Stadt voller Leute lebst, die jedes Mal, wenn sie dich sehen, Small Talk machen wollen«, fuhr sie fort. »In einer größeren Stadt kannst du total allein sein, auch wenn du von Menschen umgeben bist. In D.C. konnte ich tagelang mit niemandem reden. Hier bin ich immer angespannt.«

Gar nicht zu reden davon, dass sie hier kein normales Leben hatte.

»Das verstehe ich. Obwohl irgendwann der Punkt kommt, wo die Leute dich kennen, egal, wo du lebst.«

»Bist du deshalb hierhergekommen?«

Ray legte die Hände hinter den Kopf. »Das ist einer der Gründe. Das Immobiliengeschäft in New York ist etwas für Hartgesottene. Jeder verfolgt ausschließlich seine eigenen Interessen. Meine Schwester liebt es, aber ich habe es gehasst, immer davon ausgehen zu müssen, dass jeder etwas von mir wollte. Es macht es schwer, sich mit jemandem zu treffen. War eine Frau mit mir zusammen, weil sie mich mochte oder weil ihr mein Erfolg imponierte?«

»Ich bin mir nicht sicher, dass das hier so viel anders ist. Als Supper-Club-Besitzer bist du der Königin von England vergleichbar oder zumindest ihrem Cousin dritten Grades, der an fünfundachtzigster Stelle der Thronfolge steht.«

»Ein Royal zu sein würde sich weniger kompliziert anfühlen, als der Erbe der Jasper Holdings zu sein.«

Ray blickte auf seine Hände hinunter, und ein Stirnrunzeln zog über seine Züge, bevor es im Licht der Nacht verschwand wie das Feuerwerk. Sabrina berührte lächelnd seinen Arm. Er hatte etwas, so eine Ernsthaftigkeit. Er sagte, was er meinte, und er meinte, was er sagte.

»Was ist mit Frühstück? Im *Nicht-Denny's Denny's*?«, fragte Ray und wechselte das Thema.

»Im *Nicht-Denny's Denny's*?«, fragte Sabrina.

»Du weißt schon, das Restaurant, das nicht zu der Kette gehört. Das *Nicht-Denny's Denny's.*«

Sabrina lachte. »Das nennt hier niemand so. Es ist einfach Denny's Lokal.«

»Die Zimtrollen dort sind göttlich.« Er rollte sich auf die Seite, was sie einander ein paar Zentimeter näher brachte. Würde sie sich auch auf die Seite rollen, würden sie sich fast berühren. Sie blieb auf dem Rücken liegen. »Also, magst du frühstücken?«, fragte er noch einmal.

Sabrina hörte Ray gern zu. Seine tiefe Stimme ging gelegentlich in ein Brummen über, vor allem, wenn er leise sprach. Ein wohltuendes Kribbeln überzog dabei ihre Kopfhaut wie bei einer Massage.

»Frühstück klingt super. Vielleicht noch ein Abendessen am Donnerstag? Zwei Verabredungen in der Öffentlichkeit erscheinen mir angemessen in einer Woche.«

Ray blickte auf die Decke hinunter und fuhr mit den Fingern durch das weiße Fell. »Ja, das denke ich auch.« Er hob noch einmal den Kopf und schob die Brille höher auf die Nase. »Und nach dem Abendessen könnten wir vielleicht Minigolf spielen?«

Es war unwahrscheinlich, dass sie jemanden aus Erikas Clique beim Minigolf trafen, aber vielleicht mochte er Minigolf ja wirklich. Sie hatten auch etwas Spaß verdient.

»Super.«

Die Abstände zwischen dem Zischen und Knallen wurden kürzer. Das Finale begann. Seite an Seite beobachteten sie, wie der Himmel hell wurde, und Sabrina fragte sich, warum sie sich plötzlich so auf das Minigolfspielen freute.

*

Sabrinas Plan funktionierte. Seit ihrer Begegnung vor dem Wizard Quest hatte sie Erika noch dreimal auf der Arbeit gesehen, allerdings nicht mit ihr gesprochen, denn sie hatten sich bloß über den Parkplatz hinweg Blicke zugeworfen. Ein öffentliches Frühstück in Denny's Lokal konnte nur hilfreich sein. Die ganzen Tratschtanten würden die Neuigkeit verbreiten, dass sie dort gewesen waren. Gegen fünf Uhr nachmittags würde die ganze Stadt wissen, was sie gegessen und wie viel Zucker sie in ihren Kaffee getan hatten.

Sie trat in den vollen Gastraum, in dem Tische und Stühle dicht an dicht standen. An den Wänden und der Decke baumelten nachgemachte Antiquitäten und skurrile Dekorationen wie ein Chewbacca, der auf einem Seil Motorrad fuhr. Es waren eine Menge Eindrücke, doch der Geruch von gebackenen Zimtrollen und gebratenem Bacon hielt sie davon ab, zurück in ihr ruhiges Auto zu stürmen. Ray winkte ihr von einer Nische aus zu, vor ihm lag ein gelber Notizblock.

»Ich dachte, wir könnten die Liste durchgehen, was wir alles brauchen«, sagte Ray.

»Willst du den da benutzen?« Sie zeigte auf den Notizblock und zog den Ordner aus ihrem Rucksack. »Ich habe schon einmal angefangen.« Sie schob den Notizblock an den Rand des Tischs und legte den Ordner darauf, der bereits mit farbkodierten Zetteln unterteilt war.

»Gefällt dir mein Notizblock nicht?«

»Greenhorn, *du* hast *mich* um Hilfe gebeten. Hier bin ich.«

Eine Kellnerin brachte zwei Kaffee, Wasser und eine riesige Zimtrolle mit extra Frosting an der Seite. Sabrina riss ein Stück ab und tauchte es in die Glasur.

»Soll ich mir noch eine bestellen?«, fragte Ray und lachte.

»Entschuldige. Ich bin am Verhungern.« Sabrina nahm sich noch einen Bissen.

»Ich denke, sie haben noch mehr. Wusstest du, dass es in Wisconsin verboten ist, Margarine zu servieren, es sei denn, der Gast fragt explizit danach?«

»So sollte es auch sein.«

Sabrinas Handy gab ein Pling von sich, und ein schneller Blick zeigte ihr eine unbekannte E-Mail-Adresse. Sie öffnete die Nachricht und erstarrte.

»Ist alles okay?«, fragte Ray.

Sie konnte nur nicken und den Finger hochhalten, um ihm zu bedeuten, dass sie einen Moment brauchte. Die E-Mail war kurz.

Von: KalyndraS@theelephantroom.com
An: SabrinaAMonroe@gmail.com
Betreff: Zu besetzende Stelle

Liebe Sabrina,

danke, dass Sie Ihren Lebenslauf eingereicht haben. Ich bin begeistert von Ihrer vielfältigen Berufserfahrung. Stehen Sie zu einem Gespräch am Freitag, den 10. Juli um 15:00 Uhr zur Verfügung? Bitte geben Sie mir doch so schnell wie möglich Bescheid.

Beste Grüße
Kalyndra Smith

Freiheit, oder zumindest die Hoffnung darauf. Es war wie ein Schlüssel, der vor der Zelle eines Gefangenen heruntergefallen war. Sie musste nur danach greifen.

»Endlich etwas Gutes.« Sabrina legte ihr Handy zur Seite. Sie wollte Ray gegenüber nicht unhöflich sein, nicht nach allem, was er getan hatte, um ihr zu helfen, deshalb würde sie später antworten. »*Elephant Room* hat mich zu einem Bewerbungsgespräch eingeladen. Seit Wochen arbeite ich darauf hin. *Elephant Room* ist eine Newsseite, die über wenig beachtete Themen schreibt wie darüber, dass angesichts der steigenden Ozeane der Kauf von Immobilien in der Mitte von Virginia eine brillante Investition sein könnte, mit der man Millionen machen kann. Oder über die besten Partnerbörsen, über die du zu dir passende Prepper-Nachbarn finden kannst. Themen, über die niemand spricht, die nächstes Jahr jedoch die Top-Nachrichten sein können. Sie sind ihrer Zeit voraus.« Oder vielleicht Spinner, aber wer war Sabrina, darüber zu urteilen? Es war ein Job, der nicht in Wisconsins Dells war.

Während des Sprechens brach sie sich noch ein Stück von der Zimtschnecke ab und stopfte es sich in den Mund, das Gebäck schmeckte plötzlich noch zehnmal besser als vor ein paar Minuten. So würde sie ihren Sommer unterteilen. In die Zeit vor der E-Mail und nach der E-Mail. Über den Job selbst konnte sie sich später Gedanken machen. Jetzt würde sie erst einmal das Gefühl genießen, diesen Schlüssel in der Hand zu halten – es lag an ihr, ihn zu benutzen.

»Dieser Job ist nicht hier, habe ich recht?«

»Mein Gott, nein. Er könnte meine Rettung sein, damit ich hier rauskomme.«

Ray machte sich an seiner Brille zu schaffen, putzte sie mit seinem T-Shirt und hielt sie gegen die schmutzigen Neonlampen an der Decke.

»Wir sollten anfangen«, sagte er.

Sabrina redete einfach weiter, bemerkte nicht, wie tonlos seine Stimme klang. »Sie haben mich für Freitag zu einem Bewerbungsgespräch eingeladen. Ich werde bei den Ducks anrufen, dass ich krank bin, mir ein Flugticket kaufen und mit dem Abendflieger wieder zurückkommen. Dann kann ich mich den ganzen Samstag ausruhen.« Nach dem Stress der Reise und des Bewerbungsgesprächs würde sie den ganzen Tag brauchen, um wieder Kraft zu tanken. »Es sind nur vierundzwanzig Stunden. Was soll da schon schiefgehen?!«

Ray sah sie durch seine blitzsauberen Gläser an. »Glückwunsch. Ich bin mir sicher, du bekommst den Job.«

Schließlich fiel Sabrina doch auf, dass Ray still geworden war und sein Lächeln unecht wirkte.

»Mach dir keine Gedanken. Ich werde hier sein, um dir mit der Abschiedsgala zu helfen. Das ist nur der erste Schritt zurück in mein wirkliches Leben.«

21

einundzwanzig

Ray parkte neben der Bücherei und machte sich auf die Suche nach dem H.H. Bennett Studio. Unterwegs warf er 25-Cent-Münzen in die Parkuhren, an denen er vorbeikam. Das H.H. Bennett Studio – die Adresse für wirklich alte Fotografien – lag eingeklemmt zwischen einem Geschenkeladen und einem auf alt gemachten Fotostudio, wie sie an Touristenzielen beliebt waren. Es war teils Laden, teils Museum, teils historische Stätte. Man konnte hier Drucke von berühmten Aufnahmen bekannter Fotografen kaufen, wie den von dem dramatischen Licht im Witches Gulch oder von dem Mann, der von einem Felsvorsprung auf den Stand Rock springt. Jetzt durften nur noch Hunde diesen Sprung machen.

Er steuerte auf die Ladentheke zu.

»Kann ich Ihnen helfen?«, fragte eine Frau.

Ray holte das Foto von seinem Urgroßvater und der geheimnisvollen Frau heraus. »Ich habe dieses Foto in meinen Familienunterlagen gefunden. Ich weiß nicht, wer die Frau ist, aber der Mann ist ein Verwandter. Gibt es hier irgendjemanden, der mir weiterhelfen könnte?«

Die Frau lächelte. »Ein wenig kann ich Ihnen schon dazu sagen. Das Foto wurde zwar nach dem Tod von H.H. Bennett aufgenommen, doch seine Familie hat das Studio noch bis vor zwanzig Jahren weiterbetrieben. Es könnte also durchaus jemanden geben, der diese Frau noch auf anderen Bildern gesehen hat. Wenn Sie möchten, kann ich das Foto den hiesigen Historikern zeigen.«

»Ich würde es lieber behalten. Können wir nicht stattdessen ein Foto davon machen? Und wenn die Historiker meinen, dass es sich lohnt, komme ich noch einmal damit vorbei.«

Sie machten ein paar Aufnahmen, Ray hinterließ seinen Namen und seine Telefonnummer, dann stand er wieder auf dem Bürgersteig und blinzelte in die Sonne. Die feuchte Luft ließ die sommerliche Hitze wärmer erscheinen, als sie wirklich war.

An manchen Tagen fragte er sich, warum er sich diese lächerliche Aufgabe aufgebürdet hatte. Nummer eins war tot. Er würde nie erfahren, ob seine Asche auf dem Kaminsims stand, dort beerdigt war, wo er gewollt hatte, oder ob sie einfach im Ozean versenkt worden war. Nicht jeder bekam, was er wollte, er wollte zum Beispiel, dass Sabrina in den Dells blieb, doch sie hatte andere Pläne. So war das Leben nun einmal. Er wusste, dass sie im Gegensatz zu ihm die Dells nicht mochte – er hatte gewusst, dass er hier leben wollte, seit er vor dreizehn Jahren das erste Mal von der Uni aus hier gewesen war.

Nachdem er auf seiner ersten Abschiedsgala gewesen war, hatte Ray nicht mehr zurück nach Harvard gewollt mit seiner permanenten Konkurrenz und den dauernden Wettbewerben unter den Studenten. Wer hatte die besten Noten? Wer die größten Treuhandfonds? Wer verpulverte am Wochenende das meiste Geld? Aber alle Jaspers waren nach Harvard auf die Wirtschaftshochschule gegangen. Alle waren Jahrgangsbeste gewesen. Alle hatten die Familientradition fortgeführt.

Es spielte keine Rolle, ob er das wollte oder nicht. Das machte man einfach. Zumindest bei den New Yorker Jaspers. Noch acht Monate, und er konnte den ganzen Mist hinter sich lassen.

Ray zog an der Fliege um seinen Hals.

»Stopp, gleich geht sie auf«, sagte Lucy und schob ihren Arm unter seinen, während sie den Raum in Augenschein nahmen.

Im warmen, holzigen Schein der River Lodge waren Tische um eine kleine Tanzfläche angeordnet, vor der eine Band von Discosongs bis zu Big-Band-Nummern alles spielte. Seine Familie hob sich in den Maßanzügen und den Modellkleidern von der Menge ab, doch nicht so sehr, wie er es erwartet hatte. Nach ein paar weiteren Cocktails sahen sowieso alle gleich aus.

Seine Familie war für die Abschiedsgala angereist. Sie fand im Oktober statt und war für die Menschen in Wisconsin Dells eine Tradition, und dieses Jahr sollte sein Onkel Harry für seine Großzügigkeit und sein Engagement geehrt werden, sodass die Familie schon aus Repräsentationsgründen zahlreich erschienen war. Es spielte keine Rolle, dass Onkel Harry der letzte noch in den Dells lebende Familienangehörige war; in der Öffentlichkeit unterstützten die Jaspers einander immer. Ray kannte Onkel Harry nur von ein paar Events, die alle in New York stattgefunden hatten. Das hier war das erste Mal, dass die Familie zu ihm kam. Daher wusste er, dass es eine große Sache war.

Onkel Harry reichte Rays Mutter ein Glas Champagner. »Auf die Familie«, sagte er und stieß mit ihr an.

Seine Mutter nippte an dem Champagner und bedachte ihn mit dem Lächeln, das sie für Damen der Gesellschaft und Verkäuferinnen in Parfümerien reserviert hatte – einem Lächeln, das sagte: Ich bin höflich zu dir, weil die Gesellschaft das von mir erwartet, aber wenn du mir zu nahe kommst, kratze ich dich mit meinen mit Diamanten geschmückten Fingern. Für zu Hause, wenn sie alleine waren, hatte sie ein anderes reserviert, eins, das ihre Augen erreichte, wenn sie Ray all ihre Aufmerksamkeit zukommen ließ und ihm zuhörte, wenn er von der Schule, einem Lacrosse-Spiel oder einem Debattierwettbewerb erzählte. Sie entfernte sich, um ihr noch fast volles Glas auf ein Tablett mit schmutzigen Gläsern zu stellen.

»Nun, Claire, wie sieht es aus, wann bringst du die Urne mit der Asche? Ich denke, sie wird langsam staubig, egal, in welches Regal ihr Raymond verbannt habt«, sagte Onkel Harry.

»Harry.« Da war wieder dieses Lächeln. »Du weißt, dass es dazu nicht kommen wird. Urgroßmutter hat sich da sehr eindeutig geäußert.«

»Genau wie Raymond.«

»Du wüsstest nicht einmal, wo du sie beerdigen solltest. Auch dafür hat Urgroßmutter gesorgt«, sagte seine Mutter.

»Ich weiß mehr, als du denkst.«

Ihr Lächeln ließ die warme Luft auf dem Tanzboden abkühlen.

»Wer Fakten geschaffen hat, hat das Gesetz quasi schon auf seiner Seite.« Ein Grinsen zuckte um einen ihrer Mundwinkel.

Harry schnaubte. »Das hat Etta auch immer gesagt.«

»Ich weiß«, sagte seine Mutter.

»Du kannst seinen Willen nicht ewig ignorieren.«

»Ich kann das, es sei denn, du planst, eine Horde von Anwälten auf uns loszulassen.« Während sie nach Rays Arm griff, sagte sie: »Liebling, besorg mir doch bitte etwas Trinkbares. Einen Scotch vielleicht – alles, was alt genug ist, um den Führerschein zu haben, ist in Ordnung.«

Ray ging zur Bar, er wollte auch seinen Drink nachfüllen. Die Menge – eine Mischung aus jungen Leuten, Familien und Rentnern – wirbelte durcheinander, Gruppen von Teenagern in strahlend bunten Kleidern stibitzten neben einer Runde grauhaariger Männer, die sich über die alten Zeiten austauschten, Drinks von der Bar. Ray war begeistert. Der Abend hatte mit einem Abendessen und einer stillen Auktion begonnen, gefolgt von Drinks und Tanz. Bald würde die Musik aufhören zu spielen, und ein paar Preise würden verteilt werden, alle im Namen der Gemeinde – die zusammengekommen war, um mit der Abschiedsgala das Ende der geschäftigen Sommersaison zu feiern.

Er nippte an seinem Scotch und überlegte, wohin er als Nächstes gehen wollte. Er sollte seine Mutter suchen und ihr ihren Drink bringen. Ein schmaler Korridor führte um den Saal herum; das Servicepersonal nutzte ihn, um sich durch das Restaurant zu bewegen, ohne sich um die Tische herumschlängeln zu müssen. Er ging fast bis zu seinen Eltern, die neben einem der Westfenster Hof hielten, in denen vor Stunden die Sonne untergegangen war.

Als er seine Schwester mit ernster Miene direkt auf sich zukommen sah, verschwand er in dem Korridor. Bis auf eine junge Frau, die ihm den Rücken zuwandte, war er leer. Sie hatte dunkle Locken, in denen kleine Glassteine funkelten. Ihren Körper umspielte ein rotoranges Kleid, unter dem dazu passende Schuhe herausguckten. Sie sprach mit sich selbst – obwohl er ihr Gesicht nicht sah, hörte er sie.

»Ich gehe da raus. Ich bin bereit. Ich will das.« Sie zeigte in die Leere vor sich. »Und du. Wirst. Mir. Nicht. Folgen. Es ist mir egal, was Mom sagt.«

Ray trat näher, eine clevere Erwiderung bereits auf den Lippen, und stellte sich ihren überraschten Gesichtsausdruck vor, wenn ihr klar wurde, dass er mitgehört hatte. Wie würde sie aussehen? Braune Augen? Grüne? Vielleicht Grübchen? Sie würden darüber lachen. Er würde ihr einen Drink ausgeben, auf den ein Tanz folgen würde.

Lucy unterbrach seine Gedanken. »Sie ist nicht dein Typ.«

Er drehte sich herum. »Woher willst du das wissen?«, fragte Ray.

»Weil sie höchstens siebzehn ist. Und mit dem Fußballhelden der Stadt zusammen. Wie gesagt. Nicht dein Typ.«

Uh, siebzehn. Er hätte es besser wissen müssen. Es gab nicht viele Gäste in seinem Alter – die meisten waren auf dem College wie er und nicht hier.

Er sah über die Schulter, um noch einen letzten Blick auf das Mädchen zu erhaschen, aber sie war weg.

»Mutter fragt nach ihrem Drink.«

»Bin schon auf dem Weg.«

»Du solltest dich besser beeilen, jemand hat sie mit Beschlag belegt.« Lucy zeigte zum Rand der Tanzfläche. Seine Mutter winkte ihn zu sich.

»Ray, da bist du ja.« Seine Mutter griff mit einer Hand nach dem Scotch und mit der anderen nach seinem Ellenbogen, ihr Griff war so fest, dass es eines Aufstands bedurft hätte zu entkommen. Sie war eine Meisterin der unausgesprochenen Befehle, und diesen verstand er ohne Weiteres. Zwei Frauen standen ihnen gegenüber, eine ältere mit silbernen Haaren und großen funkelnden Diamanten an Hals und Ohren, die wie das Studio 54 leuchteten, wenn sich das Licht in ihnen brach, und eine jüngere, blondere Version von ihr mit eisigen Augen und hochmütigem Blick. »Das sind Madam Hendricks und ihre Enkelin Erika. Sie macht dieses Jahr ihren Abschluss an der Highschool.«

Seine Mutter drückte seinen Ellenbogen, bis er die Hand ausstreckte, Madam Hendricks laschen Händeruck erwiderte und nach Erikas Hand griff. Ihr fester Griff währte länger als nötig, bis er ihr in die Augen sah, die eine noch aggressivere Botschaft übermittelten. Den restlichen Abend sollte er einsame, dunkle Ecken wohl besser meiden.

»Was für ein schönes Lied, um dazu zu tanzen«, sagte Madam Hendricks und neigte den Kopf zu Erika hin. Ray fiel nicht darauf herein.

Seine Mutter kniff ihn. Nur Jahre des Trainings befähigten ihn, nicht zu reagieren.

»Es tut mir leid, wenn ich Ihnen meine Mutter entführen muss, aber mein Vater hat nach ihr gefragt. Bitte entschuldigen Sie uns.« Ray führte seine Mutter auf die andere Seite des Raums in der Hoffnung, dass sein Vater dort irgendwo war.

Sobald sie außer Hörweite waren, zischte seine Mutter in sein Ohr: »Das hat ja Ewigkeiten gedauert. Was für eine grauenhafte Familie. Halt dich von denen fern.«

Das dürfte kein Problem sein. Sie fanden seinen Vater auf der Terrasse, wo er sich eine Zigarette gönnte. Seine Mutter legte ihm den Arm um den Rücken, griff nach der Zigarette, nahm einen langen Zug und drückte sie in einem der Aschenbecher aus. Ray setzte sich auf einen der Adirondack-Stühle in der Nähe.

Weiße, glitzernde Lichter hingen an jedem Geländer und jeder Dachverkleidung und tauchten alles in ein weiches Licht. Seine Mutter flüsterte seinem Vater etwas ins Ohr, während sie sich zu der Musik bewegten, die durch die offenen Fenster kam, und sich anlächelten. Er hatte sie nie glücklicher gesehen. Sein Vater hatte seine Smokingjacke ausgezogen und seine Fliege gelockert. Seine Mutter kickte ihre Schuhe weg.

»Stell dir vor, hier zu leben«, sagte seine Mutter und lehnte den Kopf an die Schulter seines Vaters.

Sein Vater rieb ihr das Kreuz. »Barbecues mit den Nachbarn, Kartenspielen am See und dabei Bier trinken.«

»Shoppen bei Walmart.« Seine Mutter kicherte.

Ray lächelte und nahm ihre Worte für bare Münze. Für ihn klang das alles wundervoll. Dachten seine Eltern darüber nach? Die Vorstellung, in diese Stadt nach Hause zu kommen, in diesem Supper Club zu essen und jedes Jahr an dieser Tanzveranstaltung teilzunehmen, fühlte sich richtig für ihn an. Die Dells waren die perfekte Kombination für ihn.

Ray überließ seine Eltern sich selbst und dem Abend, verließ die Veranda und schlenderte um den Supper Club herum auf den riesigen, unregelmäßig geformten Parkplatz. Er war im Laufe der Jahre immer in der Richtung erweitert worden, in der es am leichtesten gewesen war, Bäume zu fällen und einen einigermaßen ebenen Untergrund zu schaffen. Hierbei waren kleine Gassen entstanden, in denen die Teenager ihre Autos parken konnten und die ihnen eine abgedunkelte Privatsphäre boten. In einer dieser Gassen illuminierte das Deckenlicht eines Autos die dunklen Schatten von zwei Gestalten. Ray stand zu weit entfernt, um die einzelnen Worte zu verstehen, doch der Ton war unverkennbar. Sie stritten. Wütende und bittende Töne hallten von den Bäumen wider. Ein junger Mann, der sein Sakko zusammengeknüllt in der Hand hielt, tauchte aus der Dunkelheit auf und hastete von dem Wagen weg, dessen Deckenlicht nun erloschen war. Ray trat zur Seite, um ihn vorbeizulassen, wobei ihm auffiel, dass sein Hemd noch aufgeknöpft und seine Krawatte nirgendwo zu sehen war und dass die Schnürsenkel seiner Schuhe fröhlich